guy de maupassant // bola de sebo y otros relatos

06

guy de maupassant // bola de sebo y otros relatos

EL PAIS

RELATOS BREVES

Título original: *Boule de suif; Une partie de campagne; La parure*
© Santillana Ediciones Generales, S. L.
© De esta edición:
2007, Diario EL PAÍS, S. L.
Miguel Yuste, 40
28037 Madrid

ISBN: 978-84-9815-690-4
Depósito legal: M-15.356-2007
Impreso en la CE

Diseño de portada: EMO

Queda prohibida, salvo excepción prevista en la ley, cualquier forma de reproducción, distribución, comunicación pública y transformación de esta obra sin contar con autorización de los titulares de la propiedad intelectual. La infracción de los derechos mencionados puede ser constitutiva de delito contra la propiedad intelectual (arts. 270 y sgts. del Código Penal).

Bola de sebo

Durante muchos días consecutivos pasaron por la ciudad restos del ejército derrotado. Más que tropas regulares, parecían hordas en dispersión. Los soldados llevaban las barbas crecidas y sucias, los uniformes hechos jirones, y llegaban con apariencia de cansancio, sin bandera, sin disciplina. Todos parecían abrumados y derrengados, incapaces de concebir una idea o de tomar una resolución; andaban sólo por costumbre y caían muertos de fatiga en cuanto se paraban. Los más eran movilizados, hombres pacíficos, muchos de los cuales no hicieron otra cosa en el mundo que disfrutar de sus rentas, y les abrumaba el peso del fusil; otros eran jóvenes voluntarios, impresionables, prontos al terror y al entusiasmo, dispuestos fácilmente a huir o acometer; y mezclados con ellos, iban algunos veteranos aguerridos, restos de una división destrozada en un terrible combate; artilleros de uniforme oscuro, alineados con reclutas de varias procedencias, entre los cuales aparecía el brillante casco de algún dragón tardo en el andar, que seguía difícilmente la marcha ligera de los infantes.

Compañías de francotiradores, bautizados con epítetos heroicos: *Los Vengadores de la Derrota, Los Ciudadanos de la Tumba, Los Compañeros de la Muerte*, aparecían a su vez con aspecto de facinerosos, capitaneados por antiguos almacenistas de paños o de cereales, convertidos en jefes gracias a su dinero —cuando no al tamaño de las guías de sus bigotes—, cargados de armas, de abrigos y de galones, que hablaban con voz resonante, proyectaban planes de campaña y pretendían ser los únicos cimientos, el único sostén de la Francia agonizante, cuyo peso moral gravitaba por entero sobre sus hombros de fanfarrones, a la vez que se mostraban temerosos de sus mismos soldados, horda de truhanes, muchos de ellos valientes, y también forajidos y libertinos.

Se dijo por entonces que los prusianos iban a entrar en Ruán.

La Guardia Nacional, que desde dos meses atrás practicaba con gran lujo de precauciones prudentes reconocimientos en los bosques vecinos, fusilando a veces a sus propios centinelas y aprestándose al combate cuando un gazapillo hacía crujir la hojarasca, se retiró a sus hogares. Las armas, los uniformes, todos los mortíferos arreos que hasta entonces derramaron el terror sobre las carreteras nacionales, en tres leguas a la redonda, desaparecieron de repente.

Los últimos soldados franceses acababan de atravesar el Sena buscando el camino de Pont-Audemer por Saint-Sever y Bourg-Achard, y su general iba tras ellos entre dos de sus ayudantes, a pie, desalentado porque no podía intentar nada con los jirones de un ejército deshecho y enloquecido por el terrible desastre de un pueblo acostumbrado a vencer y al presente vencido, sin gloria ni desquite, a pesar de su bravura legendaria.

Una calma profunda, una terrible y silenciosa inquietud, abrumaron a la población. Muchos burgueses acomodados, entumecidos en el comercio, esperaban ansiosamente a los invasores, con el temor de que juzgasen armas de combate un asador y un cuchillo de cocina.

La vida se paralizó, se cerraron las tiendas, las calles enmudecieron. De tarde en tarde un transeúnte, acobardado por aquel mortal silencio, al deslizarse rápidamente, rozaba el revoco de las fachadas.

La zozobra, la incertidumbre, hicieron al fin desear que llegase, de una vez, el invasor.

En la tarde del día que siguió a la marcha de las tropas francesas, aparecieron algunos ulanos, sin que nadie se diese cuenta de cómo ni por dónde, y atravesaron a galope la ciudad. Luego, una masa negra se presentó por Santa Catalina, mientras que otras dos oleadas de alemanes llegaban por los caminos de Darnetal y de Boisguillaume. Las vanguardias de los tres cuerpos se reunieron a una hora fija en la plaza del Ayuntamiento y por todas las calles próximas afluyó el ejército victorioso, desplegando sus batallones, que hacían resonar en el empedrado el compás de su paso rítmico y recio.

Las voces de mando, chilladas guturalmente, repercutían a lo largo de los edificios, que parecían muertos y abandonados, mientras que detrás de los postigos entornados algunos ojos inquietos observaban a los invasores, dueños de la ciudad y de vidas y haciendas por derecho de conquista. Los habitantes, a oscuras en sus viviendas, sentían la desesperación que producen los cataclismos, los grandes trastornos asoladores de la tierra, contra los cuales toda precaución y toda energía son estériles. La misma sensación se reproduce cada vez que se altera el orden establecido, cada vez que deja de existir la seguridad personal y todo lo que protegen las leyes de los hombres o de la naturaleza se pone a merced de una brutalidad inconsciente y feroz. Un terremoto aplastando entre los escombros de las casas a todo el vecindario; un río desbordado que arrastra los cadáveres de los campesinos ahogados, junto a los de sus bueyes y las vigas de sus viviendas, o un ejército victorioso que acuchilla a los que se defienden, hace prisioneros a los demás, saquea en nombre de las armas vencedoras y ofrenda sus preces a un dios, al compás de los cañonazos, son otros tantos azotes horribles que destruyen toda creencia en la eterna justicia, toda la confianza que nos han enseñado a tener en la protección del cielo y en el juicio humano.

Se acercaba a cada puerta un grupo de alemanes y se alojaban en todas las casas. Después del triunfo, la ocupación. Se veían obligados los vencidos a mostrarse atentos con los vencedores.

Al cabo de algunos días y disipado ya el temor del principio, se restableció la calma. En muchas casas un oficial prusiano compartía la mesa de una familia. Algunos, por cortesía o por tener sentimientos delicados, compadecían a los franceses y manifestaban que les repugnó verse obligados a tomar parte activa en la guerra. Se les agradecía esas demostraciones de aprecio, pensando además que alguna vez sería necesaria su protección. Con adulaciones acaso evitarían el trastorno y el gasto de más alojamientos. ¿A qué hubiera conducido herir a los poderosos, de quienes dependían? Sería más temerario que patriótico. Y la temeridad no es un defecto de los actuales burgueses de Ruán, como lo había sido en aquellos tiempos de heroicas defensas, que glorificaron y dieron lustre a la ciudad. Se razonaba —escudándose para ello en la caballerosidad francesa— que no podía juzgarse un desdoro extremar dentro de casa las atenciones, mientras en público se manifestase cada cual poco deferente con el soldado extranjero. En la calle, como si no se conocieran; pero en casa era muy distinto y de tal modo le trataban, que retenían todas las noches a su alemán de tertulia junto al hogar, en familia.

La ciudad recobraba poco a poco su plácido aspecto exterior. Los franceses no salían con frecuencia, pero los soldados prusianos transitaban por las calles a todas horas. Al fin y al cabo, los oficiales de húsares azules que arrastraban con arrogancia sus chafarotes por las aceras no demostraban a los humildes ciudadanos mayor desprecio del que les habían manifestado el año anterior los oficiales de cazadores franceses que frecuentaban los mismos cafés.

Había, sin embargo, un algo especial en el ambiente; algo sutil y desconocido; una atmósfera extraña e intolerable, como una peste difundida: la peste de la invasión. Esa peste saturaba las viviendas, las plazas públicas, trocaba el sabor de los alimentos, produciendo la impresión sentida cuando se viaja lejos, muy lejos del propio país, entre bárbaras y amenazadoras tribus.

Los vencedores exigían dinero, mucho dinero. Los habitantes pagaban sin chistar: eran ricos. Pero cuanto más opulento es el negociante normando, más le hace sufrir verse obligado a sacrificar una parte, por pequeña que sea, de su fortuna, poniéndola en manos de otro.

A pesar de la sumisión aparente, a dos o tres leguas de la ciudad, siguiendo el curso del río, hacia Croiset, Dieppedalle o Biessart, los marineros y los pescadores con frecuencia sacaban del agua el cadáver de algún alemán, abotargado, muerto de una cuchillada o de un garrotazo, con la cabeza aplastada por una piedra o lanzado al agua de un empujón desde lo alto de un puente. El fango del río amortajaba esas oscuras venganzas, salvajes y legítimas represalias, desconocidos heroísmos, ataques mudos, más peligrosos que las batallas campales y sin estruendo glorioso.

Porque los odios que inspira el invasor arman siempre los brazos de algunos intrépidos, resignados a morir por una idea.

Pero como los vencedores, a pesar de haber sometido la ciudad al rigor de su disciplina inflexible, no habían cometido ninguna de las brutalidades que les atribuían y que afirmaban su fama de crueles en el curso de su marcha triunfal, se rehicieron los ánimos de los vencidos y la conveniencia del negocio reinó de nuevo entre los comerciantes de la región. Algunos tenían planteados asuntos de importancia en El Havre, ocupado todavía por el ejército francés, y se propusieron hacer una intentona para llegar a ese puerto, yendo en coche a Dieppe, en donde podrían embarcar.

Apoyados en la influencia de algunos oficiales alemanes, a los que trataban amistosamente, obtuvieron del general un salvoconducto para el viaje.

Así, pues, se había preparado una espaciosa diligencia de cuatro caballos para diez personas, previamente inscritas en el establecimiento de un alquilador de coches, y se fijó la salida para un martes, muy temprano, con objeto de evitar la curiosidad y aglomeración de transeúntes.

Días antes, las heladas habían endurecido ya la tierra y el lunes, a eso de las tres, densos nubarrones empujados por un viento norte descargaron una tremenda nevada que duró toda la tarde y toda la noche.

A eso de las cuatro y media de la madrugada, los viajeros se reunieron en el patio de la Posada Normanda, donde debían tomar la diligencia.

Llegaban muertos de sueño y tiritaban de frío, arrebujados en sus mantas de viaje. Apenas se distinguían en la oscuridad y la superposición de pesados abrigos daba el aspecto, a todas aquellas personas, de sacerdotes barrigudos, vestidos con sus largas sotanas. Dos de los viajeros se reconocieron; otro los abordó y hablaron.

—Voy con mi mujer —dijo uno.
—Yo también.
—Y yo.

El primero añadió:
—No pensamos volver a Ruán y, si los prusianos se acercan a El Havre, nos embarcaremos para Inglaterra.

Los tres eran de naturaleza semejante y, sin duda, por eso tenían aspiraciones idénticas.

Aún estaba el coche sin enganchar. Un farolito, llevado por un mozo de cuadra, de cuando en cuando aparecía en una puerta oscura, para desaparecer inmediatamente por otra. Los caballos herían con los cascos el suelo, produciendo un ruido amortiguado por la paja de sus camas, y se oía una voz de hombre, dirigiéndose a las bestias, a intervalos razonable o blasfemadora. Un ligero rumor de cascabeles anunciaba el manejo de los arneses; el rumor se convirtió bien pronto en un tintineo claro y continuo, regulado por los movimientos de una bestia; cesaba de pronto y volvía a producirse con una brusca sacudida, acompañado por el ruido seco de las herraduras al chocar en las piedras.

Se cerró de golpe la puerta. Cesó todo ruido. Los burgueses, helados, ya no hablaban; permanecían inmóviles y rígidos.

Una espesa cortina de copos blancos se desplegaba continuamente, abrillantada y temblorosa; cubría la tierra sumergiéndolo todo en una espuma helada; y sólo se oía en el profundo silencio de la ciudad el roce vago, inexplicable, tenue, de la nieve al caer, sensación más que ruido, entrecruzamiento de átomos ligeros que parecen llenar el espacio, cubrir el mundo.

El hombre reapareció, con su linterna, tirando de un ronzal sujeto al morro de un rocín que le seguía de mala gana. Lo arrimó a la lanza, enganchó los tiros, dio varias vueltas en torno, asegurando los arneses; todo lo hacía con una sola mano, sin dejar el farol que llevaba en la otra. Cuando iba de nuevo al establo para sacar la segunda bestia, reparó en los inmóviles viajeros, blanqueados ya por la nieve, y les dijo:

—¿Por qué no suben al coche y estarán resguardados al menos?

Sin duda no se les había ocurrido y ante aquella invitación se precipitaron a ocupar sus asientos. Los tres maridos instalaron a sus mujeres en la parte anterior y subieron; en seguida, otras formas, borrosas y arropadas, fueron instalándose como podían, sin hablar ni una palabra.

En el suelo del carruaje había una buena porción de paja, en la cual se hundían los pies. Las señoras que habían entrado primero llevaban caloríferos de cobre con un carbón químico y, mientras los preparaban, charlaron a media voz: cambiaban impresiones acerca del buen resultado de aquellos aparatos y repetían cosas que de puro sabidas debieron tener olvidadas.

Por fin, una vez enganchados en la diligencia seis rocines en vez de cuatro, porque las dificultades aumentaban con el mal tiempo, una voz desde el pescante preguntó:

—¿Han subido ya todos?

Otra contestó desde dentro:

—Sí; no falta ninguno.

Y el coche se puso en marcha.

Avanzaba lentamente, lentamente, a paso corto. Las ruedas se hundían en la nieve, la caja entera crujía con sordos rechinamientos; los animales resbalaban, resollaban, humeaban; y el gigantesco látigo del mayoral restallaba sin reposo, volteaba en todos sentidos, arrollándose y desarrollándose como una delgada culebra y azotando bruscamente la grupa de algún caballo, que se agarraba entonces mejor, gracias a un esfuerzo más grande.

La claridad aumentaba imperceptiblemente. Aquellos ligeros copos que un viajero culto, natural de Ruán precisamente, había comparado a una lluvia de algodón, luego dejaron de caer. Un resplandor amarillento se filtraba entre los nubarrones pesados y oscuros, bajo cuya sombra resaltaba más la resplandeciente blancura del campo, donde aparecía, ya una hilera de árboles cubiertos de blanquísima escarcha, ya una choza con una caperuza de nieve.

A la triste claridad de la lívida aurora los viajeros empezaron a mirarse curiosamente.

Ocupando los mejores asientos de la parte anterior, dormitaban, uno frente a otro, el señor y la señora Loiseau, almacenistas de vinos en la calle de Grand Port.

Antiguo dependiente de un vinatero, Loiseau hizo fortuna continuando por su cuenta el negocio que había sido la ruina de su patrono. Vendiendo barato un vino malísimo a los taberneros rurales, adquirió fama de pícaro redomado, y era un verdadero normando rebosante de astucia y jovialidad.

Tanto como sus bribonadas, se comentaban también sus agudezas, no siempre sutiles, y sus bromas de todo género; nadie podía referirse a él sin añadir como un estribillo necesario: «Ese Loiseau no tiene precio».

De poca estatura, realzaba con una barriga hinchada como un globo la pequeñez de su cuerpo, al que servía de remate una faz arrebolada entre dos patillas canosas.

Alta, robusta, decidida, con mucha entereza en la voz y seguridad en sus juicios, su mujer era el orden, el cálculo aritmético de los negocios de la casa, mientras que Loiseau atraía con su actividad bulliciosa.

Junto a ellos iban sentados en la diligencia, muy dignos, como vástagos de una casta elegida, el señor Carré-Lamadon y su esposa. Era el señor Carré-Lamadon un hombre acaudalado, enriquecido en la industria algodonera, dueño de tres fábricas, caballero de la Legión de Honor y diputado provincial. Se mantuvo siempre contrario al Imperio y capitaneaba un grupo de oposición tolerante, sin más objeto que hacerse valer sus condescendencias cerca del Gobierno, al cual había combatido siempre «con armas corteses», que así calificaba él mismo su política. La señora Carré-Lamadon, mucho más joven que su marido, era el consuelo de los militares distinguidos, mozos y arrogantes, que iban de guarnición a Ruán.

Sentada frente a su esposo, junto a la señora de Loiseau, menuda, bonita, envuelta en su abrigo de pieles, contemplaba con ojos lastimosos el lamentable interior de la diligencia.

Inmediatamente a ellos se hallaban instalados el conde y la condesa Hubert de Breville, descendientes de uno de los más nobles y antiguos linajes de Normandía. El conde, viejo aristócrata, de gallardo continente, hacía lo posible para exagerar con los artificios de su tocado su natural semejanza con el rey Enrique IV, el cual, según una leyenda gloriosa de la familia, gozó, dándole fruto de bendición, a una señora de Breville, cuyo marido fue, por esta honra singular, nombrado conde y gobernador de provincia.

Colega del señor Carré-Lamadon en la Diputación provincial, representaba en el departamento al partido orleanista. Su enlace con la hija de un humilde consignatario de Nantes fue incomprensible y continuaba pareciendo misterioso. Pero como la condesa lució desde un principio aristocráticas maneras, recibiendo en su casa con una distinción que se hizo proverbial, y hasta dio qué decir sobre si estuvo en relaciones amorosas con un hijo de Luis Felipe, la agasajaron las damas de más noble alcurnia; sus reuniones fueron las más brillantes y encopetadas, las únicas donde se conservaron tradiciones de rancia etiqueta y en las cuales era difícil ser admitido.

Las posesiones de los Breville producían —al decir de las gentes— unos quinientos mil francos de renta.

Por una casualidad imprevista, las señoras de aquellos tres caballeros acaudalados, representantes de la sociedad serena y fuerte, personas distinguidas y sensatas, que veneran la religión y los principios, se hallaban juntas a un mismo lado. Otros dos asientos los ocupaban dos monjas, que sin cesar hacían correr entre sus dedos las cuentas de los rosarios, desgranando padrenuestros y avemarías. Una era vieja, con el rostro descarnado, carcomido por la viruela, como si hubiera recibido en plena faz una perdigonada. La otra, muy endeble, inclinaba sobre su pecho de tísica una cabeza primorosa y febril, consumida por la fe devoradora de los mártires y de los iluminados.

Frente a las monjas, un hombre y una mujer atraían todas las miradas.

El hombre, muy conocido en todas partes, era Cornudet, fiero demócrata y terror de las gentes respetables. Hacía veinte años que salpicaba su barba rubia con la cerveza de todos los cafés populares. Había derrochado en francachelas una regular fortuna que le dejó su padre, antiguo confitero, y aguardaba con impaciencia el triunfo de la República, para obtener al fin el puesto merecido por los innumerables tragos que le impusieron sus ideas revolucionarias. El día 4 de septiembre, al caer el Gobierno, a causa de un error —o de una broma dispuesta intencionadamente— se creyó nombrado prefecto; pero al ir a tomar posesión del cargo, los ordenanzas de la Prefectura, únicos empleados que allí quedaban, se negaron a reconocer su autoridad y eso le contrarió hasta el punto de renunciar para siempre a sus ambiciones políticas. Buenazo, inofensivo y servicial, había organizado la defensa con un ardor incomparable, haciendo abrir zanjas en las llanuras, talando las arboledas próximas, poniendo cepos en todos los caminos; y al aproximarse los invasores, orgulloso de su obra, se retiró más deprisa hacia la ciudad. Luego, sin duda, supuso que su presencia sería más provechosa en El Havre, necesitado tal vez de nuevos atrincheramientos.

La mujer que iba a su lado era una de las que se llaman galantes, famosa por su gordura prematura, que le valió el sobrenombre de *Bola de sebo*; de menos que mediana estatura, mantecosa, con las manos abotargadas y los dedos estrangulados en las falanges —como rosarios de salchichas gordas y enanas—, con una piel suave y lustrosa, con un pecho enorme, rebosante, de tal modo complacía su frescura, que muchos la deseaban porque les parecía su carne apetitosa. Su rostro era como una manzanita colorada, como un capullo de amapola en el momento de reventar; eran sus ojos negros, magníficos, velados por grandes pestañas, y su boca provocativa, pequeña, húmeda, palpitante de besos, con unos dientecitos apretados, resplandecientes de blancura.

Poseía también —a juicio de algunos— ciertas cualidades muy estimadas.

En cuanto la reconocieron las señoras que iban en la diligencia, comenzaron a murmurar; y las frases «vergüenza pública», «mujer prostituida», fueron pronunciadas con tal descaro, que le hicieron levantar la cabeza. Fijó en sus compañeros de viaje una mirada, tan provocadora y arrogante, que impuso de pronto silencio; y todos bajaron la vista excepto Loiseau, en cuyos ojos asomaba más deseo reprimido que disgusto exaltado.

Pronto la conversación se rehizo entre las tres damas, cuya recíproca simpatía aumentaba por instantes con la presencia de la muchacha, convirtiéndose casi en intimidad. Creíanse obligadas a estrecharse, a protegerse, a reunir su honradez de mujeres legales contra la vendedora de amor, contra la desvergonzada que ofrecía sus atractivos a cambio de algún dinero; porque el amor legal acostumbra a ponerse muy hosco y malhumorado en presencia de un semejante libre.

También los tres hombres, agrupados por sus instintos conservadores en oposición a las ideas de Cornudet, hablaban de intereses con alardes fatuos y desdeñosos, ofensivos para los pobres. El conde Hubert hacía relación de las pérdidas que le ocasionaban los prusianos, las que sumarían las reses robadas y las cosechas abandonadas, con altivez de señorón diez veces millonario, en cuya fortuna tantos desastres no lograban hacer mella. El señor Carré-Lamadon, precavido industrial, se había curado en salud, enviando a Inglaterra seiscientos mil francos, una bicoca de la que podía disponer en cualquier instante. Y Loiseau dejaba ya vendido a la Intendencia del ejército francés todo el vino de sus bodegas, de manera que le debía el Estado una suma de importancia, que haría efectiva en El Havre.

Se miraban los tres con benevolencia y agrado; aun cuando su calidad era muy distinta, los hermanaba el dinero, porque pertenecían los tres a la francmasonería de los pudientes que hacen sonar el oro al meter las manos en los bolsillos del pantalón.

El coche avanzaba tan lentamente, que a las diez de la mañana no había recorrido aún cuatro leguas. Se habían apeado varias veces los hombres para subir, haciendo ejercicio, algunos repechos. Comenzaron a intranquilizarse, porque salieron con la idea de almorzar en Totes y no era ya posible que llegaran hasta el anochecer. Miraban a lo lejos con ansia de adivinar una posada en la carretera, cuando el coche se atascó en la nieve y estuvieron dos horas detenidos.

Al aumentar, el hambre perturbaba las inteligencias; nadie podía socorrerlos, porque la temida invasión de los prusianos y el paso del ejército francés habían hecho imposibles todas las industrias.

Los caballeros corrían en busca de provisiones de caserío en caserío, acercándose a todos los que veían próximos a la carretera; pero no pudieron conseguir ni un pedazo de pan, absolutamente nada, porque los campesinos, desconfiados y ladinos, ocultaban sus provisiones, temerosos de que al pasar el ejército francés, falto de víveres, cogiera cuanto encontrara.

Era poco más de la una cuando Loiseau anunció que sentía un gran vacío en el estómago. A todos los demás les ocurría otro tanto y la invencible necesidad, manifestándose a cada instante con más fuerza, hizo languidecer horriblemente las conversaciones, imponiendo al fin un silencio absoluto.

De cuando en cuando alguien bostezaba; otro le seguía inmediatamente y todos, cada uno conforme a su calidad, a su carácter, a su educación, abrían la boca, ostensible o disimuladamente, cubriendo con la mano las fauces ansiosas, que despedían un aliento de angustia.

Bola de sebo se inclinó varias veces como si buscase alguna cosa debajo de sus faldas. Vacilaba un momento, contemplando a sus compañeros de viaje; luego, se erguía tranquilamente. Los rostros palidecían y se crispaban por instantes. Loiseau aseguraba que pagaría mil francos por un jamoncito. Su esposa dio un respingo en señal de protesta, pero al punto se calmó: para la señora era un martirio la sola idea de un derroche y no comprendía que ni en broma se dijeran semejantes atrocidades.

—La verdad es que me siento desmayado —advirtió el conde—. ¿Cómo es posible que no se me ocurriera traer provisiones?

Todos reflexionaban de un modo análogo.

Cornudet llevaba un frasquito de ron. Lo ofreció y los otros rehusaron secamente. Pero Loiseau, menos aparatoso, se decidió a beber unas gotas y, al devolver el frasquito, agradeció el obsequio con estas palabras:

—Al fin y al cabo, calienta el estómago y distrae un poco el hambre.

Se reanimó y propuso alegremente que, ante la necesidad apremiante, debían, como los náufragos de la vieja canción, comerse al más gordo. Esta broma, en que se aludía muy directamente a *Bola de sebo*, pareció de mal gusto a los viajeros bien educados. Nadie la tomó en cuenta y solamente Cornudet sonreía. Las dos monjas acabaron de mascullar oraciones y, con las manos hundidas en sus anchurosas mangas, permanecían inmóviles, bajaban los ojos obstinadamente y sin duda ofrecían al cielo el sufrimiento que les enviaba.

Por fin, a las tres de la tarde, mientras la diligencia atravesaba llanuras interminables y solitarias, lejos de todo poblado, *Bola de sebo* se inclinó resueltamente para sacar de debajo del asiento una cesta.

Tomó primero un plato de fina loza; luego, un vasito de plata y, después, una fiambrera donde había dos pollos asados, ya en trozos, y cubiertos de gelatina; aún dejó en la cesta otros manjares y golosinas, todo ello apetitoso y envuelto cuidadosamente: pasteles, queso, frutas, las provisiones dispuestas para un viaje de tres días, con objeto de no comer en las posadas. Cuatro botellas asomaban el cuello entre los paquetes.

Bola de sebo cogió un ala de pollo y se puso a comerla, con mucha pulcritud, sobre medio panecillo de los que llaman *regencias* en Normandía.

El perfume de las viandas estimulaba el apetito de los otros y agravaba la situación, produciéndoles abundante saliva y contrayendo sus mandíbulas dolorosamente. Rayó en ferocidad el desprecio que a las viajeras inspiraba la muchacha; la hubieran asesinado, la hubieran arrojado por una ventanilla con su cubierto, su vaso de plata y su cesta y sus provisiones.

Pero Loiseau devoraba con los ojos la fiambrera de los pollos. Y dijo:

—La señora fue más precavida que nosotros. Hay gente que no descuida jamás ningún detalle.

Bola de sebo hizo un ofrecimiento amable:

—¿Usted gusta? ¿Le apetece algo, caballero? Es penoso pasar todo un día sin comer.

Loiseau hizo una reverencia de hombre agradecido:

—Francamente, acepto; el hambre obliga mucho. Hay que adaptarse a las circunstancias. ¿No es cierto, señora?

Y lanzando en torno una mirada, prosiguió:

—En momentos difíciles como el presente, consuela encontrar almas generosas.

Llevaba en el bolsillo un periódico y lo extendió sobre sus muslos para no mancharse los pantalones; y con la punta de un cortaplumas pinchó una pata de pollo, muy lustrosa, recubierta de gelatina. Le dio un bocado y comenzó a comer tan complacido que aumentó con su alegría la desventura de los demás, que no pudieron reprimir un suspiro angustioso.

Con palabras cariñosas y humildes, *Bola de sebo* propuso a las monjitas que tomaran algún alimento. Las dos aceptaron sin hacerse rogar; y, con los ojos bajos, se pusieron a comer deprisa, después de pronunciar a media voz una frase de cortesía. Tampoco se mostró esquivo Cornudet a las insinuaciones de la muchacha y, con ella y las monjitas, tendiendo un periódico sobre las rodillas de los cuatro, formaron, en la parte posterior del coche, una especie de mesa donde servirse.

Las mandíbulas trabajaban sin descanso; las bocas se abrían y cerraban hambrientas y feroces. Loiseau, en un rinconcito, se despachaba muy a su gusto, queriendo convencer a su esposa para que se decidiera a imitarle. Se resistía la señora; pero, al fin, víctima de un estremecimiento doloroso como un calambre, accedió. Entonces el marido, con floreos retóricos, le pidió permiso a «su encantadora compañera de viaje» para servir a la dama una tajadita.

Bola de sebo se apresuró a decir:

—Cuanto usted guste.

Y sonriéndole con amabilidad, le alargó la fiambrera.

Al destaparse la primera botella de burdeos, se presentó un conflicto. Sólo había un vaso, el vaso de plata. Se lo iban pasando el uno al otro, después de restregar el borde con una servilleta. Cornudet, por galantería, sin duda, quiso aplicar sus labios donde los había puesto la muchacha.

Envueltos por la satisfacción ajena y sumidos en la propia necesidad, ahogados por las emanaciones provocadoras y excitantes de la comida, el conde y la condesa de Breville y el señor y la señora de Carré-Lamadon padecieron el suplicio espantoso que ha inmortalizado el nombre de Tántalo. De pronto, la monísima esposa del fabricante lanzó un suspiro que atrajo todas las miradas; su rostro estaba pálido, compitiendo en blancura con la nieve que sin cesar caía; se cerraron sus ojos y su cuerpo languideció: se desmayó. Muy emocionado el marido imploraba un socorro que los demás, aturdidos a su vez, no sabían cómo procurarle, hasta que la mayor de las monjitas, apoyando la cabeza de la señora sobre su hombro, aplicó a sus labios el vaso de plata lleno de vino. La enferma se repuso; abrió los ojos, volvieron sus mejillas a colorearse y dijo, sonriente, que se hallaba mejor que nunca; pero lo dijo con la voz desfallecida. Entonces la monjita, insistiendo para que agotara el burdeos que había en el vaso, advirtió:

—Es hambre, señora; es hambre lo que tiene usted.

Bola de sebo, desconcertada, ruborosa, dirigiéndose a los cuatro viajeros que no comían, balbució:

—Yo les ofrecería con mucho gusto...

Mas se interrumpió, temerosa de ofender con sus palabras la susceptibilidad exquisita de aquellas nobles personas; Loiseau completó la invitación a su manera, librando del apuro a todos:

—¡Qué caramba! Hay que amoldarse. ¿No somos hermanos todos los hombres, hijos de Adán, criaturas de Dios? Basta de cumplidos y a remediarse caritativamente. Acaso no encontremos ni un refugio para dormir esta noche. Al paso que vamos, ya será mañana muy entrado el día cuando lleguemos a Totes.

Los cuatro dudaban, silenciosos, no queriendo asumir ninguno la responsabilidad que sobre un «sí» pesaría.

El conde transigió, por fin, y dijo a la tímida muchacha, dando a sus palabras un tono solemne:

—Aceptamos, agradecidos a su mucha cortesía.

Lo difícil era el primer envite. Una vez pasado el Rubicón, todo fue como un guante. Vaciaron la cesta. Comieron, además de los pollos, una tarrina de *foie-gras*, una empanada, un pedazo de lengua, frutas, dulces, pepinillos y cebollitas en vinagre.

Imposible devorar las viandas y no mostrarse atentos. Era inevitable una conversación general en que la muchacha pudiese intervenir; al principio les violentaba un poco, pero *Bola de sebo*, muy discreta, los condujo insensiblemente a una confianza que hizo desvanecer todas las prevenciones. Las señoras de Breville y de Carré-Lamadon, que tenían un trato muy exquisito, se mostraron afectuosas y delicadas. Principalmente la condesa lució esa dulzura suave de gran señora que a todo puede arriesgarse, porque no hay en el mundo miseria que logre manchar el rancio lustre de su alcurnia. Estuvo deliciosa. En cambio, la señora Loiseau, que tenía un alma de gendarme, no quiso doblegarse: hablaba poco y comía mucho.

Trataron de la guerra, naturalmente. Adujeron infamias de los prusianos y heroicidades realizadas por los franceses; todas aquellas personas que huían del peligro alababan el valor.

Arrastrada por las historias que unos y otros referían, la muchacha contó, emocionada y humilde, los motivos que la obligaban a marcharse de Ruán:

—Al principio creía que me sería fácil permanecer en la ciudad vencida, ocupada por el enemigo. Había en mi casa muchas provisiones y supuse más cómodo mantener a unos cuantos alemanes que abandonar mi patria. Pero cuando los vi, no pude contenerme; su presencia me alteró; me descompuse y lloré de vergüenza todo el día. ¡Oh! ¡Quisiera ser hombre para vengarme! Débil mujer, con lágrimas en los ojos los veía pasar, veía sus corpachones de cerdo y sus puntiagudos cascos, y mi criada tuvo que sujetarme para que no les tirase a la cabeza los tiestos de los balcones. Después fueron alojados y, al ver en mi casa, junto a mí, aquella gentuza, ya no pude contenerme y me arrojé al cuello de uno para estrangularlo. ¡No son más duros que los otros, no! ¡Se hundían mis dedos en su garganta! Y le hubiera matado si entre todos no me lo quitan. Ignoro cómo salí, cómo pude salvarme. Unos vecinos me ocultaron y, al fin, me dijeron que podía irme a El Havre... Así vengo.

La felicitaron; aquel patriotismo que ninguno de los viajeros fue capaz de sentir agigantaba, sin embargo, la figura de la muchacha, y Cornudet sonreía, con una sonrisa complaciente y protectora de apóstol; así oye un sacerdote a un penitente alabar a Dios; porque los revolucionarios barbudos monopolizan el patriotismo como los clérigos monopolizan la religión. Luego habló doctrinalmente, con énfasis aprendido en las proclamas que a diario pone alguno en cada esquina, y remató su discurso con un párrafo magistral.

Bola de sebo se exaltó y le contradijo; no, no pensaba como él; era bonapartista y su indignación arrebolaba su rostro cuando balbucía:

—¡Yo hubiera querido veros a todos en su lugar! ¡A ver qué hubierais hecho! ¡Vosotros tenéis la culpa! ¡El emperador es vuestra víctima! Con un Gobierno de gandules, como vosotros, ¡daría gusto vivir! ¡Pobre Francia!

Cornudet, impasible, sonreía desdeñosamente; pero el asunto tomaba ya un cariz alarmante cuando el conde intervino, esforzándose por calmar a la muchacha exasperada. Lo consiguió a duras penas y proclamó, en frases corteses, que son respetables todas las opiniones.

Entre tanto, la condesa y la esposa del industrial, que profesaban a la República el odio implacable de las gentes distinguidas y reverenciaban con instinto femenil a todos los gobiernos altivos y despóticos, involuntariamente se sentían atraídas hacia la prostituta, cuyas opiniones eran semejantes a las más prudentes y encopetadas.

Se había vaciado la cesta. Repartida entre diez personas, aún pareció escasez su abundancia y casi todos lamentaron prudentemente que no hubiera más. La conversación proseguía, menos animada desde que no hubo nada que engullir.

Cerraba la noche. La oscuridad era cada vez más densa y el frío, punzante, penetraba y estremecía el cuerpo de *Bola de sebo*, a pesar de su gordura. La señora condesa de Breville le ofreció su rejilla, cuyo carbón químico había sido renovado ya varias veces, y la muchacha se lo agradeció mucho, porque tenía los pies helados. Las señoras Carré-Lamadon y Loiseau movieron las suyas hasta los pies de las monjas.

El mayoral había encendido los faroles, que alumbraban con vivo resplandor las ancas de los jamelgos y, a uno y otro lado, la nieve del camino, que parecía multiplicarse bajo los reflejos temblorosos.

En el interior del coche nada se veía; pero de pronto se pudo notar un manoteo entre *Bola de sebo* y Cornudet. Loiseau, que disfrutaba de una vista penetrante, creyó advertir que el hombre barbudo apartaba rápidamente la cabeza para evitar el castigo de un puño cerrado y certero.

En el camino aparecieron unos puntos luminosos. Llegaban a Totes, por fin. Después de catorce horas de viaje, la diligencia se detuvo frente a la posada del Comercio.

Abrieron la portezuela y algo terrible hizo estremecer a los viajeros: eran los tropezones de la vaina de un sable cencerreando contra las losas. Al punto se oyeron unas palabras dichas por un alemán.

La diligencia se había parado y nadie se apeaba, como si temieran que los acuchillasen al salir. Se acercó a la portezuela el mayoral con un farol en la mano y, alzándolo, alumbró súbitamente las dos hileras de rostros pálidos, cuyas bocas abiertas y cuyos ojos turbios denotaban sorpresa y espanto. Junto al mayoral, recibiendo también el chorro de luz, aparecía un oficial prusiano, joven, excesivamente delgado y rubio, con el uniforme ajustado como un corsé, ladeada la gorra de plato, que le daba el aspecto de un recadero de fonda inglesa. Muy largas y tiesas las guías del bigote —que disminuían indefinidamente hasta rematar en un solo pelo rubio, tan delgado, que no era fácil ver dónde terminaba—, parecían tener las mejillas tirantes con su peso, violentando también las cisuras de la boca.

En francés-alsaciano indicó a los viajeros que se apearan.

Las dos monjitas, humildemente, obedecieron las primeras con una santa docilidad propia de las personas acostumbradas a la sumisión. Luego, el conde y la condesa; enseguida, el fabricante y su esposa. Loiseau hizo pasar delante a su cara mitad y, al poner los pies en tierra, dijo al oficial:

—Buenas noches, caballero.

El prusiano, insolente como todos los poderosos, no se dignó contestar.

Bola de sebo y Cornudet, aun cuando se hallaban más próximos a la portezuela que todos los demás, se apearon los últimos, erguidos y altaneros en presencia del enemigo. La muchacha trataba de contenerse y mostrarse tranquila; el revolucionario resobaba su rojiza barba con mano inquieta y algo temblona. Los dos querían mostrarse dignos, imaginando que representaba cada cual a su patria en una situación tan desagradable; y de un modo semejante, fustigados por la frivolidad acomodaticia de sus compañeros, la muchacha estuvo más altiva que las mujeres honradas, y el otro, decidido a dar ejemplo, reflejaba en su actitud la misión de indómita resistencia que ya lució al abrir zanjas, talar bosques y minar caminos.

Entraron en la espaciosa cocina de la posada y el prusiano, después de pedir el salvoconducto firmado por el general en jefe, donde constaban los nombres de todos los viajeros y se detallaba su profesión y estado, los examinó detenidamente, comparando las personas con las referencias escritas.

Luego dijo en tono brusco:

—Está bien.

Y se retiró.

Respiraron todos. Aún tenían hambre y pidieron cenar. Tardarían media hora en poder sentarse a la mesa y, mientras las criadas hacían los preparativos, los viajeros curioseaban las habitaciones que les destinaban. Abrían sus puertas a un largo pasillo, al extremo del cual una mampara de cristales raspados lucía un expresivo número.

Iban a sentarse a la mesa, cuando se presentó el posadero. Era un antiguo chalán, asmático y obeso, que padecía constantes ahogos, con resoplidos, ronqueras y estertores. De su padre había heredado el nombre de Follenvie.

Al entrar hizo esta pregunta:

—¿La señorita Isabel Rousset?

Bola de sebo, sobresaltándose, dijo:

—¿Qué ocurre?

—Señorita, el oficial prusiano quiere hablar con usted ahora mismo.

—¿Para qué?

—Lo ignoro, pero quiere hablarle.

—Es posible. Yo, en cambio, no quiero hablar con él.

Hubo un momento de preocupación; todos pretendían adivinar el motivo de aquella orden. El conde se acercó a la muchacha:

—Señorita, es necesario reprimir ciertos ímpetus. Una intemperancia por parte de usted podría originar trastornos graves. No se debe nunca resistir a quien puede aplastarnos. La entrevista no revestirá importancia y, sin duda, tiene por objeto aclarar algún error deslizado en el documento.

Los demás se adhirieron a una opinión tan razonable; instaron, suplicaron, sermonearon y, al fin, la convencieron, porque todos temían las complicaciones que pudieran sobrevenir. La muchacha dijo:

—Lo hago solamente por complacerles.

La condesa le estrechó la mano al decir:

—Agradecemos el sacrificio.

Bola de sebo salió y aguardaron a servir la comida para cuando volviera.

Todos hubieran preferido ser los llamados, temerosos de que la muchacha irascible cometiera una indiscreción, y cada cual preparaba en su magín varias insulseces en el caso de comparecer.

Pero a los cinco minutos la muchacha reapareció, encendida, exasperada, balbuciendo:

—¡Miserable! ¡Ah, miserable!

Todos quisieron averiguar lo sucedido; pero ella no respondió a las preguntas y se limitaba a repetir:

—Es un asunto mío, sólo mío, y a nadie le importa.

Como la muchacha se negó rotundamente a dar explicaciones, reinó el silencio en torno de la sopera humeante. Cenaron bien y alegremente, a pesar de los malos augurios. Como era muy aceptable la sidra, el matrimonio Loiseau y las monjas la tomaron, para economizar. Los otros pidieron vino, excepto Cornudet, que pidió cerveza. Tenía una manera especial de descorchar la botella, de hacer espuma, de contemplarla, inclinando el vaso, y de alzarlo para observar al trasluz su transparencia. Cuando bebía, sus barbazas —del color de su brebaje predilecto— se estremecían de placer; guiñaba los ojos para no perder su vaso de vista y sorbía con tanta solemnidad como si aquella fuese la única misión de su vida. Se diría que parangonaba en su espíritu, hermanándolas, confundiéndolas en una, sus dos grandes pasiones: la cerveza y la Revolución, y seguramente no le fuera posible paladear aquella sin pensar en ésta.

El posadero y su mujer comían al otro extremo de la mesa. El señor Follenvie, resoplando como una locomotora desportillada, tenía demasiado estertor para poder hablar mientras comía, pero ella no callaba ni un solo instante. Refería todas sus impresiones desde que vio a los prusianos por vez primera, lo que hacían, lo que decían los invasores, maldiciéndolos y odiándolos porque le costaba dinero mantenerlos y también porque tenía un hijo soldado. Se dirigía siempre a la condesa, orgullosa de que la oyese una dama de tanto fuste.

Luego bajaba la voz para comunicar apreciaciones comprometidas; y su marido, interrumpiéndola de cuando en cuando, aconsejaba:

—Sería más prudente que te callases.

Pero ella, sin hacer caso, proseguía:

—Sí, señora; esos hombres no hacen más que atracarse de cerdo y de patatas, de patatas y de cerdo. Y no crea usted que son pulcros. ¡Oh, nada pulcros! Todo lo ensucian y donde les apura... lo sueltan, con perdón sea dicho. Hacen ejercicio durante algunas horas, todos los días, y anda por arriba y anda por abajo, y vuelve a la derecha y vuelve a la izquierda. ¡Si labrasen los campos o trabajasen en las carreteras de su país! Pero no, señora; esos militares no sirven para nada. El pobre tiene que alimentarlos mientras aprenden a destruir. Yo soy una vieja sin estudios; a mí no me han educado, es cierto; pero al ver que se fatigan y se revientan en ese ir y venir mañana y tarde, me digo: habiendo tantas gentes que trabajan para ser útiles a los demás, ¿por qué otros procuran, a fuerza de tanto sacrificio, ser perjudiciales? ¿No es abominable que se maten los hombres, ya sean prusianos o ingleses, o polacos o franceses? Vengarse de uno que nos hizo daño merece castigo y el juez lo condena; pero si degüellan a nuestros hijos, como reses llevadas al matadero, no es condenable, no se castiga; se dan condecoraciones al que destruye más. ¿No es cierto? Nada sé, nada me han enseñado; tal vez por mi falta de instrucción ignoro ciertas cosas y me parecen injusticias.

Cornudet dijo solemnemente:

—La guerra es una salvajada cuando se hace contra un pueblo tranquilo; es una obligación cuando sirve para defender la patria.

La vieja murmuró:

—Sí, defenderse ya es otra cosa. Pero ¿no deberíamos antes ahorcar a todos los reyes que tienen la culpa?

Los ojos de Cornudet se iluminaron:

—¡Magnífico, ciudadana!

El señor Carré-Lamadon reflexionaba. Sí, era fanático admirador de la gloria y el heroísmo de los famosos capitanes; pero el sentido práctico de aquella vieja le hacía calcular el provecho que reportarían al mundo todos los brazos que se adiestran en el manejo de las armas, todas las energías infecundas, consagradas a preparar y sostener las guerras, si se aplicasen a industrias que necesitan siglos de actividad.

Loiseau se levantó y, acercándose al fondista, le habló en voz baja. Oyéndole, Follenvie reía, tosía, escupía; su enorme vientre rebotaba gozoso con las guasas del forastero; y le compró seis barriles de burdeos para la primavera, cuando se hubiesen retirado los invasores.

Acabada la cena, como era mucho el cansancio que sentían, se fueron todos a sus habitaciones.

Pero Loiseau, observador minucioso y sagaz, cuando su mujer se hubo acostado, aplicó los ojos y el oído alternativamente al agujero de la cerradura para descubrir lo que llamaba «misterios de pasillo».

Al cabo de una hora, aproximadamente, vio pasar a *Bola de sebo*, más apetitosa que nunca, rebosando en su peinador de casimir con blondas blancas. Se alumbraba con una palmatoria y se dirigía a la habitación del fondo del pasillo. Y cuando la muchacha se retiraba, minutos después, Cornudet abría su puerta y la seguía en calzoncillos.

Hablaron y después *Bola de sebo* defendió enérgicamente la entrada de su alcoba. Loiseau, a pesar de sus esfuerzos, no pudo comprender lo que decían; pero, al fin, como levantaron la voz, cogió al vuelo algunas palabras. Cornudet, obstinado, resuelto, decía:

—¿Por qué no quieres? ¿Qué te importa?

Ella, con indignada y arrogante apostura, le respondió:

—Amigo mío, hay circunstancias que obligan mucho; no siempre se puede hacer todo y, además, aquí sería una vergüenza.

Sin duda, Cornudet no comprendió y, como se obstinó, insistiendo en sus pretensiones, la muchacha más arrogante aún y en voz más recia, le dijo:

—¿No lo comprende?... ¿Habiendo prusianos en la casa, tal vez pared por medio?

Y calló. Ese pudor patriótico de cantinera que no permite libertades frente al enemigo debió de reanimar la desfallecida fortaleza del revolucionario, quien, después de besarla para despedirse afectuosamente, se retiró a paso de lobo hasta su alcoba.

Loiseau, bastante excitado, abandonó su observatorio, hizo una cabriola y, al meterse de nuevo en la cama, despertó a su antigua y correosa compañera, la besó y le dijo al oído:

—¿Me quieres mucho, vida mía?

Reinó el silencio en toda la casa. Y al poco rato se alzó, resonando en todas partes, un ronquido, que bien pudiera salir de la cueva o del desván; un ronquido alarmante, monstruoso, acompasado, interminable, con estremecimientos de caldera en ebullición. El señor Follenvie dormía.

Como habían convenido en proseguir el viaje a las ocho de la mañana, todos bajaron temprano a la cocina; pero la diligencia, enfundada por la nieve, permanecía en el patio, solitaria, sin caballos ni mayoral. En vano buscaban a éste por los desvanes y las cuadras. No encontrándole dentro de la posada, salieron a buscarle y se hallaron de pronto en la plaza, frente a la iglesia, entre casucas de un solo piso, donde se veían soldados alemanes. Uno mondaba patatas; otro, muy barbudo y grandón, acariciaba a una criaturita de pecho que lloraba y la mecía sobre sus rodillas para que se calmase o se durmiese, y las campesinas, cuyos maridos y cuyos hijos estaban «en las tropas de la guerra», indicaban por signos a los vencedores, obedientes, los trabajos que debían hacer: cortar leña, encender lumbre, moler café. Uno lavaba la ropa de su patrona, pobre vieja impedida.

El conde, sorprendido, interrogó al sacristán, que salía del presbiterio. El viejo ratón de iglesia le respondió:

—¡Ah! Ésos no son malos; creo que no son prusianos: vienen de más lejos, ignoro de qué país; y todos han dejado en su pueblo un hogar, una mujer, unos hijos; la guerra no los divierte. Juraría que también sus familias lloran mucho, que también se perdieron sus cosechas por falta de brazos; que allí como aquí amenaza una espantosa miseria tanto a los vencedores como a los vencidos. Después de todo, en este pueblo no podemos quejarnos, porque no maltratan a nadie y nos ayudan trabajando como si estuvieran en su casa. Ya ve usted, caballero: entre los pobres hay siempre caridad... Son los ricos los que hacen las guerras crueles.

Cornudet, indignado por la recíproca y cordial condescendencia establecida entre vencedores y vencidos, volvió a la posada, porque prefería encerrarse aislado en su habitación a ver tales oprobios. Loiseau tuvo, como siempre, una frase oportuna y graciosa: «Repueblan»; y el señor Carré-Lamadon pronunció una solemne frase: «Restituyen».

Pero no encontraban al mayoral. Después de muchas indagaciones, lo descubrieron sentado tranquilamente, con el ordenanza del oficial prusiano, en una taberna.

El conde le interrogó:

—¿No le habían mandado enganchar a las ocho?

—Sí; pero después me dieron otra orden.

—¿Cuál?

—No enganchar.

—¿Quién?

—El comandante prusiano.

—¿Por qué motivo?

—Lo ignoro. Pregúnteselo. Yo no soy curioso. Me prohíben enganchar y no engancho. Ni más ni menos.

—Pero ¿le ha dado esa orden el mismo comandante?

—No; el posadero, en su nombre.

—¿Cuándo?

—Anoche, al retirarme.

Los tres caballeros volvieron a la posada bastante intranquilos.

Preguntaron por Follenvie y la criada les dijo que no se levantaba el señor hasta muy tarde, porque apenas le dejaba dormir el asma; tenía terminantemente prohibido que lo llamasen antes de las diez, como no fuera en caso de incendio.

Quisieron ver al oficial, pero tampoco era posible, aun cuando se hospedaba en la casa, porque únicamente Follenvie podía tratar con él de asuntos civiles.

Mientras los maridos aguardaban en la cocina, las mujeres volvieron a sus habitaciones para ocuparse de las minucias de su tocado.

Cornudet se instaló bajo la saliente campana del hogar, donde ardía un buen leño; mandó que le acercaran un veladorcito de hierro y que le sirvieran un jarro de cerveza; sacó la pipa, que gozaba entre los demócratas casi de tanta consideración como el personaje que fumaba en ella —una pipa que parecía servir a la patria tanto como Cornudet—, y se puso a fumar entre sorbo y sorbo, chupada tras chupada.

Era una hermosa pipa de espuma de mar, primorosamente curada, tan negra como los dientes que la oprimían, pero brillante, perfumada, con una curvatura favorable a la mano, de una forma tan discreta, que parecía una facción más de su dueño.

Y Cornudet, inmóvil, tan pronto fijaba los ojos en las llamas del hogar como en la espuma que coronaba su jarro de cerveza; después de cada sorbo acariciaba satisfecho con su mano flaca su cabellera sucia y chupaba su bigote cubierto de espuma.

Loiseau, con el pretexto de salir a estirar las piernas, recorrió el pueblo para negociar sus vinos en todos los comercios. El conde y el industrial discutían acerca de cuestiones políticas y profetizaban sobre el porvenir de Francia. Según el uno, todo lo remediaría el advenimiento de los Orleans; el otro solamente confiaba en un redentor ignorado, un héroe que apareciera cuando todo agonizase; un Duguesclin, una Juana de Arco y ¿por qué no un invencible Napoleón I? ¡Ah! ¡Si el príncipe imperial no fuese demasiado joven! Oyéndolos, Cornudet sonreía como quien ya conoce los misterios del futuro, y su pipa embalsamaba el ambiente.

A las diez bajó Follenvie. Le hicieron varias preguntas apremiantes, pero él sólo pudo contestar:

—El comandante me dijo: «Señor Follenvie, no permita usted que mañana enganchen la diligencia. Esos viajeros no saldrán de aquí hasta que yo lo disponga».

Entonces resolvieron entrevistarse con el oficial prusiano. El conde le hizo pasar una tarjeta, en la cual escribió Carré-Lamadon su nombre y sus títulos.

El prusiano les hizo decir que los recibiría cuando hubiese almorzado. Faltaba una hora.

Ellos y ellas comieron, a pesar de su inquietud. *Bola de sebo* estaba febril y extraordinariamente desconcertada.

Acababan de tomar el café cuando les avisó el ordenanza.

Loiseau se agregó a la comisión; intentaron arrastrar a Cornudet, pero éste dijo que no entraba en sus cálculos pactar con los enemigos. Y volvió a instalarse cerca del fuego, ante otro jarro de cerveza.

Los tres caballeros entraron en la mejor habitación de la casa, donde los recibió el oficial, tendido en un sillón, con los pies encima de la chimenea, fumando en una larga pipa de loza y envuelto en una espléndida bata, recogida tal vez en la residencia campestre de algún ricacho de gastos chocarreros. No se levantó ni saludó, ni los miró siquiera. ¡Magnífico ejemplar de la soberbia desfachatez acostumbrada entre los militares victoriosos!

Luego dijo:

—¿Qué desean ustedes?

El conde tomó la palabra:

—Deseamos proseguir nuestro viaje, caballero.

—No.

—¿Sería usted lo bastante bondadoso para comunicarnos la causa de tan imprevista detención?

—Mi voluntad.

—Me atrevo a recordarle, respetuosamente, que traemos un salvoconducto, firmado por el general en jefe, que nos permite llegar a Dieppe. Y supongo que nada justifica tales rigores.

—Nada más que mi voluntad. Pueden ustedes retirarse.

Hicieron una reverencia y se retiraron.

La tarde fue desastrosa: no sabían cómo explicar el capricho del prusiano y les preocupaban las ocurrencias más inverosímiles. Todos en la cocina se torturaban imaginando cuál pudiera ser el motivo de su detención. ¿Los conservarían como rehenes? ¿Por qué? ¿Los llevarían prisioneros? ¿Pedirían por su libertad un rescate de importancia? El pánico los enloqueció. Los más ricos se amilanaban con ese pensamiento; se creían ya obligados, para salvar la vida en aquel trance, a derramar tesoros entre las manos de un militar insolente. Se derretían la sesera inventando embustes verosímiles, fingimientos engañosos que salvaran su dinero del peligro en que lo veían, haciéndolos aparecer como infelices arruinados. Loiseau, disimuladamente, guardó en el bolsillo la pesada cadena de oro de su reloj. Al oscurecer aumentaron sus aprensiones. Encendieron el quinqué y, como aún faltaban dos horas para la comida, resolvieron jugar a las treinta y una. Cornudet, hasta el propio Cornudet, apagó su pipa, y, cortésmente, se acercó a la mesa.

El conde cogió los naipes. *Bola de sebo* hizo treinta y una. El interés del juego ahuyentaba los temores.

Cornudet pudo advertir que la señora y el señor Loiseau, de común acuerdo, hacían trampas.

Cuando iban a servir la comida, Follenvie apareció y dijo:

—El oficial prusiano pregunta si la señorita Isabel Rousset se ha decidido ya.

Bola de sebo, en pie, al principio descolorida, luego arrebatada, sintió un impulso de cólera tan grande, que de pronto no le fue posible hablar. Después dijo:

—Contéstele a ese canalla, sucio y repugnante, que nunca me decidiré a eso. ¡Nunca, nunca, nunca!

El posadero se retiró. Todos rodearon a *Bola de sebo*, solicitada, interrogada por todos para revelar el misterio de aquel recado. Se negó al principio, hasta que reventó, exasperada:

—¿Qué quiere?... ¿Qué quiere?... ¿Qué quiere?... ¡Nada! ¡Acostarse conmigo!

La indignación instantánea no tuvo límites. Se alzó un clamor de protesta contra semejante iniquidad. Cornudet rompió un vaso, al dejarlo, violentamente, sobre la mesa. Se exaltaron todos, como si a todos alcanzara el sacrificio exigido a la muchacha. El conde manifestó que los invasores inspiraban más repugnancia que terror, portándose como los antiguos bárbaros. Las mujeres prodigaban a *Bola de sebo* una piedad noble y cariñosa. Las monjas callaban, con los ojos bajos.

Cuando la efervescencia hubo pasado, comieron. Se habló poco. Meditaban.

Se retiraron pronto, las señoras y los caballeros organizaron una partida de *ecarté*, invitaron a Follenvie con el propósito de sondearle con habilidad para averiguar los recursos más convenientes, y así vencer la obstinada insistencia del prusiano. Pero Follenvie sólo pensaba en sus descartes, ajeno a cuanto le decían y sin contestar a las preguntas, limitándose a repetir:

—Al juego, al juego, señores.

Fijaba tan profundamente su atención en los naipes, que hasta se olvidaba de escupir y respiraba con un estertor angustioso. Producían sus pulmones todos los registros del asma, desde los más graves y profundos a los chillidos roncos y destemplados que lanzan los polluelos cuando aprenden a cacarear.

No quiso retirarse cuando su mujer, muerta de sueño, bajó en su busca, y la vieja se volvió sola, porque tenía por costumbre levantarse con el sol, mientras su marido, de natural trasnochador, estaba siempre dispuesto a no acostarse hasta el alba.

Cuando se convencieron de que no era posible arrancarle ni media palabra, le dejaron para irse cada cual a su alcoba.

Tampoco fueron perezosos para levantarse al otro día, con la esperanza que les hizo concebir su deseo cada vez mayor de continuar libremente su viaje. Pero los caballos descansaban en los pesebres; el mayoral no comparecía. Se entretuvieron dando paseos en torno a la diligencia.

Desayunaron silenciosos, indiferentes ante *Bola de sebo*. Las reflexiones de la noche habían modificado sus juicios; ya casi odiaban a la muchacha por no haberse decidido a buscar en secreto al prusiano, preparando un alegre despertar, una sorpresa muy agradable a sus compañeros. ¿Había algo más justo? ¿Quién lo hubiera sabido? Pudo salvar las apariencias, dando a entender al oficial prusiano que cedía para no perjudicar a tan ilustres personajes. ¿Qué importancia hubiera tenido eso para alguien como *Bola de sebo*?

Todos pensaban lo mismo, pero ninguno declaraba su opinión.

Al mediodía, para distraer el aburrimiento, propuso el conde que diesen un paseo por las afueras. Se abrigaron bien y salieron; sólo Cornudet prefirió quedarse junto a la lumbre y las dos monjitas pasaban las horas en la iglesia o en casa del párroco.

El frío, cada vez más intenso, les pellizcaba las orejas y las narices; los pies les dolían al andar; cada paso era un martirio. Y al descubrir la campiña les pareció tan horrorosamente lúgubre su extensa blancura, que todos a la vez retrocedieron con el corazón oprimido y el alma helada.

Las cuatro señoras iban delante y las seguían a corta distancia los tres caballeros.

Loiseau, muy seguro de que los otros pensaban como él, preguntó si aquella mala pécora no daba señales de acceder, para evitarles que se prolongara indefinidamente su detención. El conde, siempre cortés, dijo que no podía exigírsele a una mujer sacrificio tan humillante cuando ella no se lanzaba por impulso propio.

El señor Carré-Lamadon hizo notar que si los franceses, como estaba proyectado, tomaran de nuevo la ofensiva para recuperar Dieppe, la batalla probablemente se desarrollaría en Totes. Inquietó a los otros dos semejante ocurrencia.

—¿Y si huyéramos a pie? —dijo Loiseau.

—¿Cómo es posible, pisando nieve y con las señoras? —exclamó el conde—. Además, nos perseguirían y luego nos juzgarían como prisioneros de guerra.

—Es cierto; no hay escape.

Y callaron.

Las señoras hablaban de vestidos; pero en su ligera conversación flotaba una inquietud que les hacía opinar de opuesto modo.

Cuando apenas le recordaban, apareció el oficial prusiano en el extremo de la calle. Sobre la nieve que cerraba el horizonte se perfilaba su gran cuerpo de talle oprimido y caminaba con las rodillas separadas, con ese movimiento propio de los militares que procuran salvar del barro las botas primorosamente abrillantadas.

Se inclinó al pasar junto a las damas y miró despreciativo a los caballeros, los cuales tuvieron suficiente coraje para no descubrirse, aun cuando Loiseau echó mano al sombrero.

La muchacha se ruborizó hasta las orejas y las tres señoras casadas padecieron la humillación de que las viera el prusiano en la calle con la mujer a la cual trataba él tan groseramente.

Y hablaron de su empaque, de su rostro. La señora Carré-Lamadon, que por haber sido amiga de muchos oficiales podía opinar con fundamento, juzgó al prusiano aceptable y hasta se dolió de que no fuera francés, muy segura de que seduciría con el uniforme de húsar a no pocas mujeres.

Ya en casa, no se habló más del asunto. Se cruzaron algunas acritudes con motivos insignificantes. La cena, silenciosa, terminó pronto, y cada uno fue a su alcoba con ánimo de buscar en el sueño un recurso contra el hastío.

Bajaron por la mañana con los rostros fatigados, se mostraron irascibles y las damas apenas dirigieron la palabra a *Bola de sebo*.

La campana de la iglesia tocó a gloria. La muchacha recordó al pronto su casi olvidada maternidad (pues tenía una criatura en casa de unos labradores de Yvetot). El anunciado bautizo la enterneció y quiso asistir a la ceremonia.

Ya libres de su presencia, y reunidos los demás, se agruparon, comprendiendo que tenían algo que decirse, algo que acordar. A Loiseau se le ocurrió proponer al comandante que se quedara con la muchacha y dejase a los otros proseguir tranquilamente su viaje.

Follenvie fue con la embajada y volvió al punto, porque, sin oírle siquiera, el oficial repitió que ninguno se iría mientras él no quedara complacido.

Entonces, el carácter populachero de la señora Loiseau la hizo estallar:

—No podemos hacernos viejos aquí. ¿No es su oficio complacer a todos los hombres? ¿Cómo se permite rechazar a uno? ¡Si la conoceremos! En Ruán lo arrebaña todo; hasta los cocheros tienen que ver con ella. Sí, señora, el cochero de la Prefectura. Lo sé de buena tinta; como que toman vino de casa. Y hoy, que podría sacarnos de un apuro sin la menor violencia, ¡hoy hace remilgos la muy zorra! En mi opinión, ese prusiano es un hombre muy correcto. Ha vivido sin tratar con mujeres muchos días; hubiera preferido, seguramente, a cualquiera de nosotras, pero se contenta, para no abusar de nadie, con la que pertenece a todo el mundo. Respeta el matrimonio y la virtud, ¡cuando es el amo, el señor! Le bastaría decir: «Ésta quiero», y obligar a viva fuerza, entre soldados, a la elegida.

Las damas se estremecieron. Los ojos de la señora Carré-Lamadon brillaron; sus mejillas palidecieron, como si ya se viese violada por el prusiano.

Los hombres discutían aparte y llegaron a un acuerdo.

Al principio, Loiseau, furibundo, quería entregar a la miserable atada de pies y manos. Pero el conde, fruto de tres abuelos diplomáticos, prefería tratar el asunto hábilmente y propuso:

—Tratemos de convencerla.

Se unieron a las damas. La discusión se generalizó. Todos opinaban en voz baja, con mesura. Principalmente las señoras proponían el asunto con rebuscamiento de frases ocultas y rodeos encantadores, para no proferir palabras vulgares.

Alguien que de pronto las hubiera oído, sin duda no sospecharía el argumento de la conversación; de tal modo se cubrían con flores las torpezas audaces. Pero como el baño de pudor que defiende a las damas distinguidas en sociedad es muy tenue, aquella brutal aventura las divertía y esponjaba, sintiéndose a gusto, en su elemento, regodeándose en un lance de amor, con la sensualidad propia de un cocinero goloso que prepara una cena exquisita sin poder probarla siquiera.

Se alegraron, porque la historia les hacía mucha gracia. El conde se permitió alusiones bastante atrevidas —pero decorosamente apuntadas— que hicieron sonreír. Loiseau estuvo menos correcto y sus audacias no lastimaron los oídos pulcros de sus oyentes. La idea, expresada brutalmente por su mujer, persistía en los razonamientos de todos: «¿No es el oficio de la muchacha complacer a los hombres? ¿Cómo se permite rechazar a uno?». La delicada señora Carré-Lamadon imaginaba tal vez que, puesta en tan duro trance, rechazaría menos al prusiano que a otro cualquiera.

Prepararon el asedio, lo que tenía que decir cada uno y las maniobras correspondientes; quedó en regla el plan de ataque, los amaños y astucias que debieran abrir al enemigo la ciudadela viviente.

Cornudet no entraba en la discusión, completamente ajeno al asunto.

Estaban todos tan preocupados, que no sintieron llegar a *Bola de sebo*; pero el conde, advertido al punto, hizo una señal que los demás comprendieron.

Callaron y la sorpresa prolongó aquel silencio, no permitiéndoles de pronto hablar. La condesa, más versada en disimulos y tretas de salón, le dirigió esta pregunta:

—¿Estuvo bien el bautizo?

Bola de sebo, emocionada, les dio cuenta de todo y acabó con esta frase:

—Algunas veces consuela mucho rezar.

Hasta la hora del almuerzo se limitaron a mostrarse amables con ella, para inspirarle confianza y docilidad a sus consejos.

Ya en la mesa, emprendieron la conquista. Primero, una conversación superficial acerca del sacrificio. Se citaron ejemplos: Judit y Holofernes; y, sin venir al caso, Lucrecia y Sextus. Cleopatra, esclavizando con los placeres de su lecho a todos los generales enemigos. Y apareció una historia fantaseada por aquellos millonarios ignorantes, conforme a la cual iban a Capua las matronas romanas para adormecer entre sus brazos amorosos al fiero Aníbal, a sus lugartenientes y a sus falanges de mercenarios. Citaron a todas las mujeres que han detenido a los conquistadores ofreciendo sus encantos para dominarlos con un arma poderosa e irresistible; que vencieron con sus caricias heroicas a monstruos repulsivos y odiados; que sacrificaron su castidad a la venganza o a la sublime abnegación.

Discretamente se mencionó a la inglesa linajuda que se mandó inocular una horrible y contagiosa podredumbre para transmitírsela con fingido amor a Bonaparte, quien se libró milagrosamente gracias a una repentina debilidad en el momento de la cita fatal.

Y todo se decía con delicadeza y moderación, estallando, a veces, un pretendido entusiasmo con el fin de invitar a la emulación.

De todos aquellos rasgos ejemplares pudiera deducirse que la misión de la mujer en la tierra se reducía solamente a sacrificar su cuerpo, abandonándolo de continuo entre la soldadesca lujuriosa.

Las dos monjitas no atendieron y es posible que ni se dieran cuenta de lo que decían los otros, ensimismadas en más íntimas reflexiones.

Bola de sebo no despegaba los labios. La dejaron reflexionar toda la tarde.

Cuando iban a sentarse a la mesa para comer, apareció Follenvie para repetir la frase de la víspera.

Bola de sebo respondió ásperamente:

—Nunca me decidiré a eso. ¡Nunca, nunca!

Durante la comida, los aliados tuvieron poca suerte. Loiseau dijo tres impertinencias. Se devanaban los sesos para descubrir nuevas heroicidades —y sin que saltase al paso ninguna—, cuando la condesa, tal vez sin premeditarlo, sintiendo un irresistible impulso de rendir a la Iglesia un homenaje, se dirigió a una de las monjas —la más respetable por su edad—

y le rogó que refiriese algunos actos heroicos de la historia de los santos que habían cometido excesos criminales a los humanos ojos y habían sido aceptados por la Divina Piedad, que los juzgaba conforme a la intención, sabiendo que se ofrecían a la gloria de Dios o a la salud y provecho del prójimo. Era un argumento contundente. La condesa lo comprendió y, ya fuese por una tácita condescendencia natural en todos los que visten hábitos religiosos, o sencillamente por una casualidad afortunada, lo cierto es que la monja contribuyó al triunfo de los aliados con un formidable refuerzo. La habían juzgado tímida y se mostró arrogante, violenta, elocuente. No tropezaba en incertidumbres casuísticas; era su doctrina como una barra de acero; su fe no vacilaba jamás y no enturbiaba su conciencia ningún escrúpulo. Le parecía sencillo el sacrificio de Abraham; también ella hubiese matado a su padre y a su madre por obedecer un mandato divino; y, en su juicio, nada podía desagradar al Señor cuando las intenciones eran laudables. Aprovechando la condesa tan favorable argumentación de su improvisada cómplice, la condujo a parafrasear un edificante axioma, «el fin justifica los medios», con esta pregunta:

—¿Supone usted, hermana, que Dios acepta cualquier camino y perdona siempre, cuando la intención es honrada?

—¿Quién lo duda, señora? Un acto condenable puede, con frecuencia, ser meritorio por la intención que lo inspira.

Y continuaron así, discurriendo acerca de las decisiones recónditas que atribuían a Dios, porque lo suponían interesado en sucesos que, a la verdad, no deben importarle mucho.

La conversación, así encarrilada por la condesa, tomó un giro hábil y discreto. Cada frase de la monja contribuía poderosamente a vencer la resistencia de la cortesana. Luego, apartándose del asunto ya de sobra repetido, la monja hizo mención de varias fundaciones de su Orden; habló de la superiora, de sí misma, de la hermana San Sulpicio, su acompañante. Iban llamadas a El Havre para asistir a cientos de soldados que padecían viruelas. Detalló las miserias de tan cruel enfermedad, lamentándose de que, mientras inútilmente las retenía el capricho de un oficial prusiano, algunos franceses podían morir en el hospital, faltos de auxilio. Su especialidad fue siempre asistir al soldado; estuvo en Crimea, en Italia, en Austria y, al referir azares de la guerra, se mostraba de pronto como una hermana de la Caridad belicosa y entusiasta, sólo nacida para recoger heridos en lo más recio del combate; una especie de sor María Rataplán, cuyo rostro desencarnado y descolorido era la imagen de las devastaciones de la guerra.

Cuando hubo terminado, el silencio de todos afirmó la oportunidad de sus palabras.

Después de cenar, cada cual se fue a su alcoba y al día siguiente no se reunieron hasta la hora del almuerzo.

La condesa propuso, mientras almorzaban, que debieran ir de paseo por la tarde. Y el conde, que llevaba del brazo a la muchacha en aquella excursión, se quedó rezagado...

Todo estaba convenido.

En tono paternal, franco y un poquito displicente, propio de un «hombre serio» que se dirige a un pobre ser, la llamó niña, con dulzura, desde su elevada posición social y su honradez indiscutible, y sin preámbulos entró de lleno en el asunto.

—¿Prefiere vernos aquí víctimas del enemigo y expuestos a sus violencias, a las represalias que seguirían indudablemente a una derrota? ¿Lo prefiere usted a doblegarse a una... liberalidad muchas veces por usted consentida?

Ella callaba.

El conde insistía, razonable y atento, sin dejar de ser «el señor conde», muy galante, con afabilidad, hasta con ternura si la frase lo exigía. Exaltó la importancia del servicio y el «imborrable agradecimiento». Después comenzó a tutearla de pronto, alegremente:

—No seas tirana; permite al infeliz que se vanaglorie de haber gozado a una criatura como no debe haberla en su país.

La muchacha, sin despegar sus labios, fue a reunirse con el grupo de señoras.

Ya en casa, se retiró a su cuarto, sin comparecer ni a la hora de la comida. La esperaban con inquietud. ¿Qué decidiría?

Al presentarse Follenvie, dijo que la señorita Isabel se hallaba indispuesta, que no la esperasen. Todos aguzaron el oído. El conde se acercó al posadero y le preguntó en voz baja:

—¿Ya está?

—Sí.

Por decoro no preguntó más; hizo una mueca de satisfacción dedicada a sus acompañantes, que respiraron satisfechos, y se reflejó una retozona sonrisa en los rostros.

Loiseau no pudo contenerse:

—¡Caramba! Convido a champaña para celebrarlo.

Y a la señora Loiseau se le amargaron aquellas alegrías cuando apareció Follenvie con cuatro botellas.

Se mostraban a cual más comunicativo y bullicioso; rebosaba en sus almas un goce fecundo. El conde advirtió que la señora Carré-Lamadon era muy apetecible y el industrial tuvo frases insinuantes para la condesa. La conversación chisporroteaba, graciosa, vivaracha, jovial.

De pronto, Loiseau, con los ojos muy abiertos y los brazos en alto, gritó:

—¡Silencio!

Todos callaron, estremecidos.

—¡Chist! —y arqueaba mucho las cejas para imponer atención.

Al poco rato dijo con suma naturalidad:

—Tranquilícense. Todo va como la seda.

Pasado el susto, le rieron la gracia.

Luego repitió la broma:

—¡Chist!...

Y cada quince minutos insistía. Como si hablara con alguien del piso alto, daba consejos de doble sentido, producto de su ingenio de comisionista. Ponía de pronto la cara larga y suspiraba al decir:

—¡Pobrecita!

O mascullaba una frase rabiosa:

—¡Prusiano asqueroso!

Cuando estaban distraídos, gritaba:

—¡No más! ¡No más!

Y como si reflexionase, añadía entre dientes:

—¡Con tal de que volvamos a verla y no la haga morir, el miserable!

A pesar de que aquellas bromas eran de gusto deplorable, divertían a los que las toleraban y a nadie indignaban, porque la indignación, como todo, es relativa y conforme al medio en que se produce. Y la atmósfera que poco a poco se había creado alrededor de ellos estaba infestada de pensamientos lascivos.

Al fin, hasta las damas hacían alusiones ingeniosas y discretas. Se había bebido mucho y los ojos encandilados chisporroteaban. El conde, que hasta en sus abandonos conservaba su respetable apariencia, tuvo una graciosa ocurrencia, comparando su goce al que pueden sentir los exploradores polares, bloqueados por el hielo, cuando ven abrirse un camino hacia el sur.

Loiseau, alborotado, se levantó a brindar.

—¡Por nuestro rescate!

En pie, aclamaban todos y hasta las monjitas, cediendo a la general alegría, humedecían sus labios en aquel vino espumoso que no habían probado jamás. Les pareció algo así como limonada gaseosa, pero más fino.

Loiseau advertía:

—¡Qué lástima! Si hubiera un piano, podríamos bailar un rigodón.

Cornudet, que no había dicho ni media palabra, hizo un gesto desapacible. Parecía sumergido en pensamientos graves y de cuando en cuando se estiraba las barbas con violencia, como si quisiera alargarlas más aún.

Hacia medianoche, al despedirse, Loiseau, que se tambaleaba, le dio un manotazo en la barriga, tartamudeando:

—¿No está usted satisfecho? ¿No se le ocurre nada que decir?

Cornudet, erguido el rostro y encarado con todos, como si quisiera retarlos con una mirada terrible, respondió:

—Sí, por cierto. Se me ocurre decir a ustedes que han fraguado una indignidad.

Se levantó y se fue repitiendo:

—¡Una indignidad!

Era como un jarro de agua. Loiseau quedó confundido; pero se repuso con rapidez, soltó una carcajada y exclamó:

—Están verdes; para usted... están verdes.

Como no le comprendían, explicó los «misterios del pasillo». Entonces rieron desaforadamente; parecían locos de júbilo. El conde y el señor Carré-Lamadon lloraban de tanto reír. ¡Qué historia! ¡Era increíble!

—Pero ¿está usted seguro?

—¡Tan seguro! Como que lo vi.

—¿Y ella se negaba...?

—Por la proximidad... vergonzosa del prusiano.

—¿Es cierto?

—¡Certísimo! Podría jurarlo.

El conde se ahogaba de risa; el industrial tuvo que sujetarse con las manos el vientre, para no estallar.

Loiseau insistía:

—Y ahora comprenderán ustedes que no le divierta lo que pasa esta noche.

Reían sin fuerzas ya, fatigados, aturdidos.

Acabó la tertulia. «Buenas noches».

La señora Loiseau, que tenía el carácter como una ortiga, hizo notar a su marido, cuando se acostaban, que la señora Carré-Lamadon, «la muy pilla», rió de mala gana, porque pensando en lo de arriba se le pusieron los dientes largos.

—El uniforme las vuelve locas. Francés o prusiano, ¿qué más da? ¡Mientras haya galones! ¡Dios mío! ¡Es una pena; cómo está el mundo!

Y durante la noche resonaron continuamente, a lo largo del oscuro pasillo, estremecimientos, rumores tenues apenas perceptibles, roces de pies desnudos, alientos entrecortados y crujir de faldas. Ninguno durmió y por debajo de todas las puertas asomaron, casi hasta el amanecer, pálidos reflejos de las bujías.

El champaña suele producir tales consecuencias y, según dicen, da un sueño intranquilo.

Por la mañana, un claro sol de invierno hacía brillar la nieve deslumbradora.

La diligencia, ya enganchada, revivía para proseguir el viaje, mientras las palomas de blanco plumaje y ojos rosados, con las pupilas muy negras, picoteaban el estiércol, erguidas y oscilantes entre las patas de los caballos.

El mayoral, con su zamarra de piel, subido en el pescante, llenaba su pipa; los viajeros, ufanos, veían cómo les empaquetaban las provisiones para el resto del viaje.

Sólo faltaba *Bola de sebo* y al fin compareció.

Se presentó algo inquieta y avergonzada; cuando se detuvo para saludar a sus compañeros, se habría dicho que ninguno la veía, que ninguno reparaba en ella. El conde ofreció el brazo a su mujer para alejarla de un contacto impuro.

La muchacha quedó aturdida; pero, sacando fuerzas de flaqueza, dirigió a la esposa del industrial un saludo humildemente pronunciado. La otra se limitó a hacer una leve inclinación de cabeza, imperceptible casi, a la que siguió una mirada muy altiva, como de virtud que se rebela para rechazar una humillación que no perdona. Todos parecían violentados y despreciativos a la vez, como si ella llevara una infección purulenta que pudiera contagiarles.

Fueron acomodándose ya en la diligencia y la muchacha entró después de todos para ocupar su asiento.

Como si no la conocieran; sin embargo la señora Loiseau la miraba de reojo, indignada, y dijo en voz baja a su marido:

—Menos mal que no estoy a su lado.

El coche arrancó. Proseguían el viaje.

Al principio nadie hablaba. *Bola de sebo* no se atrevió a levantar los ojos. Se sentía a la vez indignada contra sus compañeros, arrepentida por haber cedido a sus peticiones y manchada por las caricias del prusiano, a cuyos brazos la empujaron todos hipócritamente.

Pronto la condesa, dirigiéndose a la señora Carré-Lamadon, puso fin al silencio angustioso:

—¿Conoce usted a la señora de Etrelles?

—¡Vaya! Es amiga mía.

—¡Qué mujer tan agradable!

—Sí; es encantadora, excepcional. Todo lo hace bien: toca el piano, canta, dibuja, pinta... Una maravilla.

El industrial hablaba con el conde y, confundidas con el estrepitoso crujir de cristales, hierros y maderas, se oían algunas de sus palabras: «... Cupón... Vencimiento... Prima... Plazo...».

Loiseau, que había escamoteado los naipes de la posada, engrasados por tres años de servicio sobre mesas nada limpias, comenzó a jugar al *bésigue* con su mujer.

Las monjitas, agarradas al grueso rosario pendiente de su cintura, hicieron la señal de la cruz y de pronto sus labios, cada vez más presurosos, en un suave murmullo, parecían haberse lanzado a una carrera de *oremus;* de cuando en cuando besaban una medallita, se persignaban de nuevo y proseguían su especie de gruñir continuo y rápido.

Cornudet, inmóvil, reflexionaba.

Después de tres horas de camino, Loiseau, recogiendo las cartas, dijo:

—Hay gazuza.

Y su mujer alcanzó un paquete atado con un bramante, del cual sacó un trozo de carne asada. Lo partió en lonchas finas, con pulso firme, y ella y su marido comenzaron a comer tranquilamente.

—Un ejemplo digno de ser imitado —advirtió la condesa.

Y comenzó a desenvolver las provisiones preparadas para los dos matrimonios. Venían metidas en un cacharro de los que tienen para pomo en la tapadera una cabeza de liebre, indicando su contenido: un suculento pastelón de liebre, cuya carne sabrosa, hecha picadillo, estaba cruzada por collares de fina manteca y otras agradables añadiduras. Un buen pedazo de queso, liado en un papel de periódico, lucía la palabra «Sucesos» en una de sus caras.

Las monjitas comieron una longaniza que olía mucho a especias, y Cornudet, sumergiendo ambas manos en los bolsillos de su gabán, sacó del uno cuatro huevos duros y del otro un panecillo. Mondó uno de los huevos, dejando caer en el suelo el cascarón y partículas de yema sobre sus barbas.

Bola de sebo, en el azaramiento de su triste despertar, no había dispuesto ni pedido merienda y, exasperada, iracunda, veía cómo sus compañeros masticaban plácidamente. Al principio la crispó un arranque tumultuoso de cólera y estuvo a punto de arrojar sobre aquellas gentes un chorro de injurias que se le venían a los labios; pero tanto era su desconsuelo, que su congoja no le permitió hablar.

Ninguno la miró ni se preocupó de su presencia; la infeliz se sentía sumergida en el desprecio de la turba honrada que la obligó a sacrificarse y después la rechazó, como un objeto inservible y asqueroso. No pudo menos de recordar su hermosa cesta de provisiones devoradas por aquellas gentes; los dos pollos bañados en su propia gelatina, los pasteles y la fruta, y las cuatro botellas de burdeos. Pero sus furores cedieron de pronto, como una cuerda tirante que se rompe, y sintió ganas de llorar. Hizo esfuerzos terribles para vencerse; se irguió, se tragó las lágrimas como los niños, pero asomaron al fin a sus ojos y rodaron por sus mejillas. Una tras otra, cayeron lentamente, como las gotas de agua que se filtran a través de una piedra; y rebotaban en la curva oscilante de su pecho. Mirando a todos resuelta y valiente, pálido y rígido el rostro, se mantuvo erguida, con la esperanza de que no la vieran llorar.

Pero advertida la condesa, hizo al conde una señal. Se encogió de hombros el caballero, como si quisiera decir: «No es mía la culpa».

La señora Loiseau, con una sonrisita maliciosa y triunfante, susurró:

—Se avergüenza y llora.

Las monjitas reanudaron su rezo después de envolver en un papelucho el sobrante de longaniza.

Y entonces Cornudet —que digería los cuatro huevos duros— estiró sus largas piernas bajo el asiento frontero, se reclinó, cruzó los brazos y sonriente, como un hombre que acierta con una broma pesada, comenzó a canturrear *La Marsellesa*.

En todos los rostros pudo advertirse que no era el himno revolucionario del gusto de los viajeros. Nerviosos, desconcertados, intranquilos, se removían, manoteaban; ya solamente les faltó aullar como los perros al oír un organillo.

Y el demócrata, en vez de callarse, amenizó el bromazo añadiendo a la música su letra:

Patrio amor que a los hombres encanta,
conduce nuestros brazos vengadores;
libertad, libertad sacrosanta,
combate por tus fieles defensores.

Avanzaba con rapidez la diligencia sobre la nieve ya endurecida, y hasta Dieppe, durante las eternas horas de aquel viaje, sobre los baches del camino, bajo el cielo pálido y triste del anochecer, en la oscuridad lóbrega del coche, proseguía con una obstinación rabiosa el canturreo vengativo y monótono, obligando a sus irascibles oyentes a rimar sus crispaciones con la medida y los compases del odioso cántico.

Y *Bola de sebo* lloraba sin cesar; a veces, un sollozo que no podía contener, se mezclaba con las notas del himno entre las tinieblas de la noche.

Un día de campo

Cinco meses hacía que proyectaban ir a almorzar a los alrededores de París el día del santo de la señora Dufour, que se llamaba Petronila. Como habían aguardado tanto tiempo impacientemente aquella diversión, llegado el día se levantaron al amanecer.

El señor Dufour le había pedido la tartanita al lechero y la guiaba él mismo. Estaba muy presentable; tenía un toldo cuadrado, del cual pendían las cortinas, arrolladas entonces para que no quitasen la vista del paisaje; solamente la de atrás flotaba al viento como una bandera. La mujer, muy oronda junto a su marido, lucía un traje de seda color cereza. Detrás iban la abuela y la hija, y entre los dos asientos aparecía la cabellera rubia de un joven que, no pudiendo colocarse de otro modo, se había sentado en el suelo.

Después de recorrer la avenida de los Campos Elíseos y traspasar las murallas por la puerta Maillot, todos miraron a su alrededor ansiosamente.

Llegando al puente de Neuilly, el señor Dufour dijo:

—Ya estamos en el campo.

Y su mujer sintió que la ternura de la naturaleza la invadía.

En la plaza de Courbevoie el horizonte lejano los llenó de admiración. A la derecha se alzaba el campanario de Argenteuil y, por encima, los picos de Sannois y el molino de Orgemont. A la izquierda, el acueducto de Marly se dibujaba sobre el cielo claro de la mañana y se distinguían también a lo lejos las terrazas de Saint-Germain, mientras enfrente, al extremo de una cadena de colinas, se perfilaba la nueva fortaleza de Courmeilles. Al fondo, en una increíble lejanía, por encima de los campos y de los pueblos, se entreveía la faja verde oscuro de los bosques.

El sol empezaba a quemar los rostros; el polvo cegaba los ojos constantemente y a uno y a otro lado del camino se extendía una llanura interminable, sucia, estéril y apestosa. Se habría dicho que la destruyó una lepra, la cual roía hasta las casas, al verse tantos esqueletos de construcciones abandonadas, mostrando sus cuatro muros ruinosos y sin techo.

De cuando en cuando aparecían altas chimeneas de fábrica, única vegetación de aquellos campos pútridos, en los cuales la brisa de la primavera arrastraba un perfume de petróleo y de esquisto mezclado con otro olor menos agradable aún.

Por fin habían atravesado el Sena por segunda vez, resultando encantador pasar el puente.

El río brillaba radiante de luz; se elevaba un vapor tenue caldeado por el sol y se sentía una quietud dulce, un fresco agradable y un aire más puro que no había recogido, arrastrándolos, el humo y los miasmas de las fábricas.

Un transeúnte había dicho el nombre del lugar: Bezons.

La tartana se detuvo y el señor Dufour leyó el rótulo atractivo de un merendero:

RESTAURANTE POULIN
Almuerzos y comidas
SALONES RESERVADOS, JARDINES Y COLUMPIOS

—Vamos a ver, mujer —dijo a su esposa—. ¿Te gusta este sitio?

La mujer leyó a su vez.

Luego miró la casa detenidamente.

Era un mesón campestre, limpio, edificado al borde del camino. Por la puerta abierta se veía el cinc brillante del mostrador, ante el cual estaban dos obreros en traje de domingo.

Al cabo, la señora Dufour se decidió:

—Sí, está bien —dijo—; me gusta, tiene buenas vistas.

La tartana avanzó en un terreno sombreado por copudos árboles que se extendía detrás del mesón y sólo estaba separado del Sena por un estrecho camino.

Se apearon. El marido saltó a tierra el primero y abrió los brazos para recibir a su mujer. Como el estribo estaba muy bajo, para apoyar en él un pie la señora Dufour descubrió su pierna, que habría sido en otro tiempo muy hermosa, pero que en el presente estaba desfigurada por la gordura excesiva.

El señor Dufour, exaltado ya por el aire campestre, le dio un pellizco en la pantorrilla; luego, sosteniéndola entre sus brazos, la dejó en el suelo pesadamente, como un enorme fardo.

Ella se sacudió con las manos el vestido de seda; luego miró el sitio donde se hallaba.

Era una mujer de treinta y seis años, aproximadamente; gruesa, frescota y de aspecto agradable. Respiraba con dificultad, oprimida violentamente por el corsé demasiado apretado, y la presión de esta prenda interior hacía subir hasta su doble papada la masa fluctuante de su generoso pecho.

La muchacha, apoyándose en los hombros de su padre, saltó ligeramente. El joven de rubios cabellos había bajado por la rueda y ayudó al señor Dufour a bajar a la anciana.

Desengancharon el caballo, atándolo a un árbol, y la tartana cayó de bruces, apoyando las varas en el suelo. Los hombres, después de quitarse las levitas, se lavaron las manos en un cubo de agua y luego se aproximaron a las señoras, ya instaladas en los columpios.

La muchacha trataba de balancearse en pie, sola, sin conseguir darse el impulso suficiente. Era una hermosa criatura de dieciocho años, una de esas jóvenes cuya presencia despierta en los hombres un deseo repentino y les deja hasta la noche una inquietud vaga que agita los sentidos. Alta, de talle delgado y anchas caderas; era morena, tenía los ojos muy grandes y los cabellos muy negros. Su traje dibujaba los contornos vigorosos de su carne, más acentuados por los esfuerzos que hacía para mecerse. Como tenía los brazos levantados, agarrándose a las cuerdas, a cada sacudida su pecho se alzaba, duro, sin un estremecimiento; su sombrero había caído y el columpio iba poco a poco tomando impulso y marcando a cada oscilación sus piernas, delgadas hasta la rodilla, y lanzando al rostro de los dos hombres, que la contemplaban riendo, el aire de sus faldas, más embriagador que los vapores del vino.

Sentada en otro columpio, la señora Dufour repetía monótona y continuamente:

—Cipriano, ven a empujarme; ven a empujarme ya, Cipriano.

Al fin el marido fue y, arremangándose la camisa como quien se prepara para un duro esfuerzo, balanceó a su mujer con mucho trabajo.

Agarrándose a las cuerdas, ella mantenía las piernas en tensión para no tropezar en el suelo y disfrutaba con el dulce vaivén, que le producía un mareo delicioso. A cada sacudida, sus formas retemblaban como la gelatina en un plato. Pero al aumentar la velocidad, sintió vértigo y miedo. A cada oscilación lanzaba un grito penetrante, que atrajo a todos los pilluelos de las cercanías, y frente a ella, por encima del seto que cerraba el jardín, veía vagamente una fila de cabezas burlonas que no dejaban de reír.

Se presentó una camarera y encargaron el almuerzo.

—Pescadito frito, conejo salteado, ensalada y postres —articuló la señora Dufour con cierta importancia.

—Tráete dos litros de tinto y una botella de burdeos —dijo el marido.

—Comeremos sobre la hierba —añadió la muchacha.

La abuela, que había descubierto a un gato de la casa, lo perseguía desde que llegó, sin poder alcanzarlo, aun cuando le prodigaba inútilmente los más dulces nombres. El animalito, sin duda satisfecho de tantas atenciones, se quedaba cerca de la buena señora, pero sin dejarse coger, dando tranquilamente vueltas alrededor de los árboles, en cuyo tronco se frotaba, con la cola tiesa y un suave ronroneo de satisfacción.

—Caramba —exclamó de pronto el joven de la cabellera rubia—. Miren qué bonitas embarcaciones.

Se acercaron a ver. Bajo un pequeño cobertizo de madera estaban colgadas dos hermosas canoas, finas y trabajadas como muebles de lujo. Descansaban allí juntas, semejantes a dos muchachas delgadas y finas, invitando a lanzarse con ellas al agua en las dulces noches o en las claras madrugadas del estío, pasando junto a los jardines floridos o bajo los árboles, que sumergen sus ramas.

Toda la familia las contemplaba con respeto.

—¡Oh, son preciosas! —repitió gravemente el señor Dufour.

Y las describía como un práctico. En su juventud había manejado muy bien los remos. Se exaltaba perorando y apostaba obstinadamente que con una canoa de aquellas avanzaría seis leguas en una hora sin fatigarse.

—Ya está el almuerzo —dijo la camarera, que apareció en la entrada.

Todos corrieron; pero, por desgracia, en el sitio donde pensaba instalarse la señora Dufour estaban almorzando ya dos jóvenes. Eran los dueños de las canoas, sin duda, porque llevaban camisetas de marineros.

Uno y otro estaban casi echados entre las sillas; tenían los rostros tostados por el sol y llevaban los brazos desnudos. Eran dos robustos muchachos, que mostraban en todos sus movimientos la graciosa elasticidad de los músculos adquirida con un ejercicio razonable, muy distinta de la deformación que imprime al obrero el esfuerzo penoso y repetido.

Cambiaron rápidamente una sonrisa viendo a la madre y una mirada reparando en la hija.

—Cedámosles el sitio —dijo uno—. Así podremos entablar relación.

El otro se levantó al instante, llevando en la mano su boina roja y negra, y ofreció caballerosamente a las damas el único lugar del jardín donde no daba el sol. Ellas aceptaron muy agradecidas y, para que la diversión resultara más campestre, la familia se instaló sobre la hierba, sin mesa ni sillas.

Los jóvenes llevaron sus cubiertos a cierta distancia y siguieron comiendo. Sus brazos desnudos ruborizaban un poco a la joven, la cual afectaba volver la cabeza para no verlos, mientras la señora Dufour, solicitada por una curiosidad femenina muy semejante al deseo, los miraba sin cesar, comparándolos, acaso tristemente, con las fealdades secretas de su marido.

Se había sentado sobre la hierba con las piernas recogidas como las beatas pobres y se zarandeaba sin cesar, pretextando que le corrían hormigas por alguna parte. El señor Dufour, molesto por la presencia y la amabilidad de los desconocidos, buscaba una posición cómoda, sin conseguir encontrarla, y el joven de los cabellos rubios comía silenciosamente como un ogro.

—Qué tiempo tan hermoso —dijo la señora a uno de los desconocidos, queriendo mostrarse amable para agradecer de algún modo la atención que con ellas habían tenido.

—Sí, señora, muy hermoso. ¿Vienen ustedes con frecuencia al campo?

—Sólo una o dos veces al año, para tomar el aire. ¿Y usted?

—Yo vengo a dormir la siesta todas las tardes.

—¡Ah! Debe ser muy agradable.

—Sí, muy agradable, señora.

Y el joven siguió refiriendo sus costumbres, poéticamente, de modo que sus palabras vibrasen en el corazón de aquellos burgueses privados de recrearse con el verdor de los campos y hambrientos de libertad, ese amor a la naturaleza que los corroe todo el año detrás del mostrador de su tienda.

La muchacha, conmovida, levantó los ojos para mirar al joven. El señor Dufour habló por vez primera, exclamando:

—Sí, es una hermosa vida —y añadió—: toma un poco más de conejo.

Su mujer, rechazándole dulcemente, dijo:

—No, gracias; ya no más.

Y se volvió de nuevo hacia los jóvenes de los brazos desnudos y preguntó:

—¿Nunca tienen ustedes frío así?

Ellos rieron, asustando a la familia con el relato de sus fatigas prodigiosas, de sus zambullidas en el agua cuando estaban sudorosos, de sus paseos entre la niebla de la noche, y se golpeaban violentamente el pecho con los puños para demostrar su fuerza.

—¡Ah, sí que parecen ustedes robustos! —dijo el marido, que apenas hablaba.

La muchacha los contemplaba disimuladamente, pero con insistencia; y el joven de los cabellos rubios, habiéndose atragantado con un vaso de vino, tosió violentamente, rociando el vestido de seda de la señora, la cual se disgustó mucho, pidiendo luego agua para limpiar las manchas.

La temperatura se hacía insoportable y el río, deslumbrante con los reflejos del sol, parecía un foco de calor; los vapores del vino turbaban las cabezas.

El señor Dufour, acometido de un hipo violento, se desabrochó el chaleco y la cintura del pantalón, mientras su mujer, sofocada, iba desabrochándose poco a poco. El joven sacudía satisfecho su pelambrera rubia y bebía sin cesar. La abuela, sintiéndose mareada, se mantenía tiesa, muy dignamente. La muchacha no mostraba cansancio ni hartura, pero sus ojos resplandecían más y su cutis moreno se coloreaba en las mejillas.

El café completó la obra. Cantaron y aplaudieron con frenesí. Luego, levantándose con mucha dificultad, mientras la madre y la hija respiraban para serenarse, los dos hombres, completamente borrachos, hacían gimnasia. Pesados, flojos y con los rostros arrebatados, se colgaban torpemente de las argollas, sin conseguir hacer una flexión, y sus camisas amenazaban continuamente con acabar de salirse de los pantalones y desplegarse al viento como estandartes.

Entre tanto, los dos jóvenes desconocidos habían lanzado al agua sus canoas y volvían a proponer delicadamente a la madre y a la hija un paseo por el río.

—¿Me dejas? —gritó a su marido la señora—. ¡Te lo ruego!

Dufour la miró con su expresión de borracho y sin entenderla. Entonces, uno de los jóvenes se acercó, llevando en la mano dos cañas de pescar. La esperanza de coger algunos pececillos, ese ideal de los tenderos de París, animó los ojos abatidos del buen hombre y accedió a todo lo que le pedían, instalándose a la sombra debajo del puente, con los pies colgando sobre el agua, junto al joven de los cabellos rubios, que se estaba durmiendo.

Uno de los desconocidos, después de acomodar a la madre en su canoa, gritó, alejándose con ella:

—Al bosquecillo de la isla de los Ingleses.

La otra canoa se deslizaba suavemente; el desconocido miraba de tal modo a su joven compañera, que ya no pensaba en otra cosa; y una violenta emoción lo paralizaba, dejándole apenas fuerzas para remar.

La muchacha, sentada junto al timón, se abandonaba a la dulzura que suele producir el suave murmullo del río. Se sentía poseída por un agotamiento de la mente, por una quietud de todos sus músculos, por un abandono de sí misma, por una embriaguez deliciosa. Estaba arrebatada y su respiración era muy lenta.

Los mareos del vino, agravados por el calor torrencial que la envolvía, hicieron oscilar todas las imágenes ante sus ojos. Un ansia inexplicable de placer y una fermentación de la sangre invadieron su cuerpo, ya excitado por los ardores del día. Se turbaba dulcemente recorriendo aquel paisaje abrumado por el incendio del cielo, sola con aquel joven cuyos ojos la besaban admirándola y cuyos deseos eran penetrantes como los rayos del sol.

No sabiendo qué decirse, aumentaba su emoción a cada punto. Al fin, haciendo un esfuerzo, el desconocido le preguntó cómo se llamaba.

—Enriqueta —dijo ella.

—Qué casualidad: yo me llamo Enrique —añadió él.

El sonido de sus voces los calmó; contemplaron el río y sus orillas. La otra canoa se había detenido y parecía que los aguardaba; el remero les gritó:

—Luego nos encontraremos en el bosque; ahora nosotros vamos a Robinson, porque la señora tiene sed.

Inclinándose sobre los remos, se alejó con tal rapidez, que bien pronto dejaron de verle.

Un murmullo continuo, que se oía confusamente hasta entonces, fue aumentando y llegó a parecer un estruendo sordo que saliera de las profundidades del río.

—¿Qué es eso que se oye? —preguntó ella.

Era la presa que corta la corriente al extremo de la isla. Él se perdía en una explicación minuciosa cuando, entre el ruido de la cascada, el canto de un pájaro que parecía estar lejos los sorprendió.

—Caramba —dijo él—. Cantan de día los ruiseñores. La hembra estará en el nido incubando.

¡Un ruiseñor! La pobre muchacha no había oído jamás ninguno y aquel canto despertaba en su corazón ensueños de poética ternura. ¡Un ruiseñor! Es decir: el invisible testigo de las citas amorosas de Julieta y Romeo; aquella música celestial armonizaba con los besos de los hombres; era el eterno inspirador de todas las melodías lánguidas que ofrecen un mundo azul a los pobres corazones de las niñas sentimentales.

Escuchó el canto del ruiseñor.

—No hagamos ruido —dijo él—. Podremos bajar en el bosque y sentarnos al pie del árbol donde canta.

La canoa se deslizaba; llegaron a la isla de frondosa vegetación; se detuvieron; amarraron y Enriqueta, apoyada en el brazo de Enrique, se internó en la espesura.

—Agáchese —dijo él.

Se agachó ella y penetraron por una pequeña abertura en un frondoso y espeso matorral, un asilo ignorado que aquel joven llamaba riendo «su reservado».

Precisamente sobre sus cabezas, en uno de los árboles que les daba sombra, el pájaro cantaba sin reposo. Trinaba y gorjeaba, llenando el aire con sus notas, que iban a perderse en el horizonte vibrando sobre las aguas del río, más sonoras en el silencio abrasador que abrumaba la campiña.

Ni ella ni él hablaron por temor a espantarlo. Sentados el uno junto al otro, lentamente un brazo de Enrique envolvió el talle de Enriqueta, estrechándolo con dulzura. Ella se apartó sin violencia, pero él insistía, y ella, evitándolo, no extrañaba la caricia, como si hubiera sido la cosa más natural del mundo.

La muchacha oía el canto del pajarillo, sumergida en un éxtasis de amor.

Deseos infinitos, inmoderadas ternuras, revelaciones poéticas y sobrehumanas la invadían; un decaimiento de sus nervios, de su espíritu, hizo asomar a sus ojos una lágrima y no comprendía por qué. Ya el joven la oprimía contra su corazón y ella no lo rechazaba; no se le ocurrió siquiera defenderse; calló el ruiseñor y se oyó una voz lejana que repetía:

—¡Enriqueta! ¡Enriqueta!

—Silencio —dijo él en voz baja—. No contestemos, que podría espantarse y huir el ruiseñor.

Tampoco ella deseaba contestar.

Se quedaron así algún tiempo. La señora Dufour se había sentado a no mucha distancia, porque se oían con frecuencia sus exclamaciones. Jugueteaba, sin duda, con su compañero.

La muchacha seguía llorando, penetrada por sensaciones muy dulces, sintiendo ardores y estremecimientos desconocidos. La cabeza de Enrique se apoyaba sobre su hombro y bruscamente se unieron sus labios. Ella, para evitarlo, se inclinó hacia atrás; pero él, se abalanzó sobre ella, cubriéndola con su cuerpo. Persiguió ansiosamente los labios que lo huían y, al fin, se unieron las dos bocas. Entonces, enloquecida por un formidable deseo, ella lo besó también, estrechándolo contra su pecho; y su resistencia inútil cedió, como abrumada por una violencia excesiva.

Reinaba el silencio. El ruiseñor volvió a cantar. Lanzó primero tres notas penetrantes que parecían una llamada amorosa; luego, con voz apagada, entonó modulaciones lentas.

Una brisa tenue susurraba en las hojas y a la sombra de los árboles palpitaron dos suspiros ardientes, mezclándose con el canto del ruiseñor y con los murmullos del bosque.

La voz del pajarillo, exaltándose poco a poco, a cada momento era más viva, como una llama que se extiende o una pasión que se desborda, y acompañaba debajo del árbol a un chisporroteo de besos. Después, el delirio de su garganta se desencadenó locamente. Hubo espasmos prolongados en un trino, grandes espasmos melodiosos.

A veces descansaba un poco, emitiendo solamente dos o tres notas ligeras, que terminaban de pronto en una muy aguda. O bien se lanzaba desatinado en escalas briosas, en estremecimientos locos, en sacudidas violentas, como un canto de amor furioso al que seguían triunfales gritos.

Pero calló, escuchando a sus pies un gemido tan profundo que parecía la despedida de un alma; un gemido prolongado que acabó en un sollozo.

Estaban muy pálidos él y ella cuando abandonaron su verde lecho. El cielo azul les pareció oscurecido, el ardiente sol se había nublado para sus ojos; sólo sentían la soledad y el silencio. Andaban rápidamente, sin hablar, sin tocarse, como si fueran irreconciliables enemigos, como si un desencanto surgiera entre sus cuerpos y un odio entre sus almas.

De cuando en cuando, Enriqueta gritaba:

—¡Mamá!

Bruscos movimientos sacudían un matorral. Enrique vio una blanca enagua cubriendo rápidamente una gruesa pantorrilla y la enorme señora apareció, algo confusa y muy colorada, con los ojos encendidos y el pecho ansioso, muy cerca de su acompañante. Éste debió de haber visto cosas muy agradables, porque su rostro sonreía sin cesar como transparentando alegres recuerdos.

La señora Dufour se apoyó en su brazo dulcemente y volvieron a las canoas. Enrique iba delante, silencioso, frente a la muchacha, y creyó percibir un apagado beso.

Al fin llegaron.

El señor Dufour, ya sereno, se impacientaba. El joven de los cabellos rubios tomaba un bocadillo antes de abandonar el mesón. El caballejo, ya enganchado, aguardaba en el patio, y la abuela, ya metida en la tartana, se inquietaba pensando que tendrían que atravesar de noche los barrios apartados, amedrentadores e inseguros.

Se despidieron con apretones de manos y la familia Dufour partió.

—¡Hasta la vista! —gritaban los dos jóvenes.

Un suspiro y una lágrima les respondieron.

Dos meses después, atravesando la calle de los Mártires, Enrique leyó casualmente el rótulo de una tienda que decía:

Dufour
Artículos de quincalla

Entró.

La robusta señora estaba en el escritorio. Se reconocieron, saludándose con mil finezas y preguntando noticias.

—¿Cómo está la señorita Enriqueta?

—Muy bien. Se ha casado.

—¡Ah! —una emoción lo ahogaba; y prosiguió—: y ¿con quién?

—Con el joven que nos acompañaba. ¿No lo recuerda usted? Ahora le traspasaremos la tienda.

—¡Oh! Perfectamente.

Enrique se iba muy triste sin saber por qué. La señora Dufour le detuvo.

—¿Y su amigo? —dijo ella tímidamente.

—Él está bien.

—Déle usted recuerdos y dígale que si alguna vez pasa por aquí tendremos gusto en verle... —se rubo-

rizó, añadiendo—: me gustaría verle, dígaselo usted.
—Pierda usted cuidado. ¡Adiós!
—No olviden el camino.

Al año siguiente, un domingo que hacía mucho calor, todos los detalles de aquella aventura, que Enrique no había olvidado, se le presentaron de pronto con tal viveza, tan provocativos y seductores, que volvió solo a su «reservado» en la espesura del bosque.

Al entrar por la estrecha abertura, quedó estupefacto. Ella estaba allí, sentada sobre la hierba, con expresión triste, mientras a su lado, en mangas de camisa, dormía satisfecho como un bruto su marido, el joven de la cabellera rubia.

Enriqueta palideció viendo a Enrique; palideció desfallecida, casi desmayada. Luego hablaron tranquilamente, como si nada hubiese pasado nunca entre los dos.

Pero al decir él que adoraba el rincón donde se hallaban y que acudía con frecuencia a soñar allí los domingos, despertando recuerdos amorosos, ella lo miró dulce y fijamente.

—Yo lo recuerdo todos los días —murmuró Enriqueta.

—Vaya, vámonos —dijo el marido, bostezando—; ya es hora de que nos retiremos.

El collar

Era una de esas hermosas y deliciosas criaturas nacidas como por un error del destino en una familia de empleados. No tenía dote, ni esperanzas de cambiar de posición; no disponía de ningún medio para ser conocida, comprendida, querida, para encontrar un esposo rico y distinguido; y consintió que la casaran con un modesto empleado del Ministerio de Instrucción Pública.

No pudiendo adornarse, fue sencilla, pero desgraciada, como una mujer obligada por la suerte a vivir en una esfera inferior a la que le corresponde; porque las mujeres no tienen casta ni raza, pues su belleza, su atractivo y su encanto, les sirven de ejecutoria y de familia. Su nativa firmeza, su instinto de elegancia y su flexibilidad de espíritu son para ellas la única jerarquía, que iguala a las hijas del pueblo con las más grandes señoras.

Sufría constantemente, sintiéndose nacida para todas las delicadezas y todos los lujos. Sufría contemplando la pobreza de su hogar, la miseria de las paredes, sus estropeadas sillas, su fea indumentaria.

Todas estas cosas, en las cuales ni siquiera habría reparado ninguna otra mujer de su clase, la torturaban y la llenaban de indignación. La vista de la muchacha bretona que les servía de criada despertaba en ella pesares desolados y delirantes ensueños. Pensaba en las antecámaras mudas, guarnecidas de tapices orientales, alumbradas por altas lámparas de bronce, y en los dos pulcros lacayos de calzón corto, dormidos en anchos sillones, amodorrados por el intenso calor de la estufa. Pensaba en los grandes salones donde colgaban sedas antiguas, en los finos muebles repletos de figurillas inestimables y en los saloncillos coquetones, perfumados, dispuestos para hablar cinco horas con los amigos más íntimos, los hombres famosos y requeridos, cuyas atenciones ambicionan todas las mujeres.

Cuando a la hora de comer se sentaba delante de la mesa redonda, cubierta por un mantel de tres días, frente a su esposo, que destapaba la sopera, diciendo con aire de satisfacción: «¡Ah! ¡Qué buen caldo! ¡No hay nada para mí tan excelente como esto!», pensaba en las comidas delicadas, en los servicios de plata resplandeciente, en los tapices que pueblan las paredes de personajes antiguos y aves extrañas dentro de un bosque fantástico; pensaba en los exquisitos y selectos manjares, ofrecidos en fuentes maravillosas; en las galanterías murmuradas y escuchadas con sonrisa de esfinge, al tiempo que se paladea la sonrosada carne de una trucha o un alón de faisán.

No poseía galas femeniles, ni una joya; nada absolutamente y sólo aquello de que carecía le gustaba; se sentía hecha para aquellos goces imposibles. ¡Cuánto habría dado por agradar, ser envidiada, ser atractiva y asediada!

Tenía una amiga rica, una compañera de colegio a la cual no quería ir a ver con frecuencia, porque sufría más al regresar a su casa. Días y días pasaba después llorando de pena, de pesar, de desesperación.

Una mañana volvió a su casa el marido con expresión triunfante y agitando en la mano un ancho sobre.

—Mira, mujer —dijo—; aquí tienes una cosa para ti.

Ella rompió vivamente la envoltura y sacó un pliego impreso que decía:

«El ministro de Instrucción Pública y señora ruegan al señor y la señora de Loisel les hagan el honor de asistir a la velada del lunes 18 de enero en el hotel del Ministerio».

En lugar de enloquecer de alegría, conforme pensaba su esposo, tiró la invitación sobre la mesa, murmurando con desprecio:

—¿Y qué quieres que haga?

—Creí, querida, que con ello te procuraba una gran satisfacción. ¡Sales tan poco y es tan oportuna la ocasión que hoy se te presenta!... Te advierto que me ha costado bastante trabajo obtener esa invitación. Todos las buscan, las persiguen; son muy solicitadas y se reparten pocas entre los empleados. Verás allí a todo el mundo oficial.

Clavando en su esposo una mirada llena de angustia, le dijo con impaciencia:

—¿Qué quieres que me ponga para ir a la fiesta?

No se había preocupado él de semejante cosa y balbució:

—Pues el traje que llevas cuando vamos al teatro. Me parece muy bonito.

Se calló, estupefacto, atontado, viendo que su mujer lloraba. Dos gruesas lágrimas se desprendían de sus ojos, lentamente, para rodar por sus mejillas.

El hombre murmuró:

—¿Qué te sucede? Pero, ¿qué te sucede?

Mas ella, haciendo un esfuerzo, había vencido su pena y respondió con voz tranquila, enjugando sus húmedas mejillas:

—Nada; que no tengo vestido para ir a esa fiesta. Da la invitación a cualquier colega cuya mujer se encuentre mejor provista de ropa que yo.

Él estaba desolado y dijo:

—Vamos a ver, Matilde. ¿Cuánto te costaría un traje decente, que pudiera servirte en otras ocasiones, un traje sencillito?

Ella meditó unos segundos, haciendo sus cuentas y pensando asimismo en la suma que podía pedir sin provocar una negativa rotunda y una exclamación de asombro del empleadillo.

Respondió, al fin, titubeando:

—No lo sé de fijo; pero creo que con cuatrocientos francos me arreglaría.

El marido palideció algo, pues reservaba precisamente esa cantidad para comprar una escopeta, pensando en ir de caza en verano, a la llanura de Nanterre, con algunos amigos que salían a tirar a las alondras los domingos.

Dijo, no obstante:

—Bien. Te doy los cuatrocientos francos. Pero trata de que sea un hermoso vestido.

El día de la fiesta se acercaba y la señora de Loisel parecía triste, inquieta, ansiosa. Sin embargo, el vestido estuvo acabado a tiempo. Su esposo le dijo una noche:

—¿Qué te pasa? Te encuentro rara desde hace tres días.

Y ella respondió:

—Me disgusta no tener ni una alhaja, ni una sola joya que ponerme. Pareceré una miserable. Casi, casi preferiría no ir a ese baile.

—Ponte unas cuantas flores naturales —le replicó él—. Eso es muy elegante, sobre todo en este tiempo, y por diez francos encontrarás dos o tres rosas magníficas.

Ella no quería convencerse.

—No hay nada tan humillante como parecer una pobre en medio de mujeres ricas.

Pero su marido exclamó:

—¡Qué tonta eres! Ve a ver a tu compañera de colegio, la señora de Forestier, y ruégale que te preste unas alhajas. Eres bastante amiga suya para tomarte esa libertad.

La mujer dejó escapar un grito de alegría.

—Tienes razón. No había pensado en ello.

Al siguiente día fue a casa de su amiga y le contó su apuro.

La señora de Forestier fue a un armario de espejo, cogió un cofrecillo, lo sacó, lo abrió y dijo a la señora de Loisel:

—Escoge, querida.

Primero vio brazaletes; luego, un collar de perlas; luego, una cruz veneciana de oro y pedrería primorosamente construida. Se probó aquellas joyas ante el espejo, vacilando, no pudiendo decidirse a abandonarlas, a devolverlas. Preguntaba sin cesar:

—¿No tienes ninguna otra?

—Sí, mujer. Dime qué quieres. No sé lo que a ti te agradaría.

De repente descubrió, en una caja de raso negro, un soberbio collar de brillantes y su corazón empezó a latir de un modo inmoderado. Sus manos temblaban al ir a cogerlo. Se lo puso, rodeando con él su cuello, y permaneció en éxtasis contemplando su imagen.

Luego preguntó, vacilante, llena de angustia:

—¿Quieres prestármelo? No quisiera llevar otra joya.

—Sí, mujer.

Abrazó y besó a su amiga con entusiasmo y luego escapó con su tesoro.

Llegó el día de la fiesta. La señora de Loisel tuvo un verdadero éxito. Era más bonita que las otras y estaba elegante, graciosa, sonriente y loca de alegría. Todos los hombres la miraban, preguntaban su nombre, trataban de serle presentados. Todos los directores generales querían bailar con ella. El ministro reparó en su hermosura.

Ella bailaba con embriaguez, con pasión, inundada de alegría, no pensando ya en nada más que en el triunfo de su belleza, en la gloria de aquel triunfo, en la dicha que le causaban todos los homenajes que recibía, todas las admiraciones, todos los deseos despertados, una victoria tan completa y tan dulce para un alma de mujer.

Loisel le echó sobre los hombros el abrigo que había llevado para la salida, modesto abrigo de su vestir ordinario, cuya pobreza contrastaba extrañamente con la elegancia del traje de baile. Ella lo sintió y quiso huir, para no ser vista por las otras mujeres que se envolvían en ricas pieles.

Loisel la retuvo diciendo:

—Espera, mujer; vas a resfriarte a la salida. Iré a buscar un coche.

Pero ella no le oía y bajó rápidamente la escalera.

Cuando estuvieron en la calle no encontraron coche y se pusieron a buscar, dando voces a los cocheros que veían pasar a lo lejos.

Anduvieron hacia el Sena desesperados, tiritando. Por fin pudieron hallar una de esas vetustas berlinas que sólo aparecen en las calles de París cuando la noche cierra, cual si les avergonzase su miseria durante el día.

Los llevó hasta la puerta de su casa, situada en la calle de los Mártires, y entraron tristemente en el portal. Pensaba el hombre, apesadumbrado, en que a las diez había de ir a la oficina.

La mujer se quitó delante del espejo el abrigo que llevaba echado sobre los hombros, a fin de contemplarse una vez más ricamente enjoyada. Pero de repente dejó escapar un grito.

Su esposo, ya medio desnudo, le preguntó:

—¿Qué tienes?

Ella se volvió hacia él, acongojada.

—Tengo..., tengo —balbució— que no encuentro el collar de la señora Forestier.

Él se irguió, sobrecogido:

—¿Eh?..., ¿cómo? ¡No es posible!

Y buscaron entre los adornos del traje, en los pliegues del abrigo, en los bolsillos, en todas partes. No lo encontraron.

Él preguntaba:

—¿Estás segura de que lo llevabas al salir del baile?

—Sí; lo toqué al cruzar el vestíbulo del Ministerio.

—Pero si lo hubieras perdido en la calle, lo habríamos oído caer. Debe de estar en el coche.

—Sí. Es probable. ¿Te fijaste qué número tenía?

—No. Y tú, ¿no lo viste?

—No.

Se miraron aterrados. Loisel se vistió.

—Voy —dijo— a recorrer a pie todo el camino por donde hemos venido, a ver si por casualidad lo encuentro.

Y salió. Ella permaneció en traje de baile, sin fuerzas para irse a la cama, desplomada en una silla, sin lumbre, casi helada, sin ideas, casi estúpida.

Su marido volvió hacia las siete. No había encontrado nada.

Fue a la Prefectura de Policía, a las redacciones de los periódicos, para publicar un anuncio ofreciendo una gratificación por el hallazgo; fue a las oficinas de las empresas de coches, a todas partes donde podía ofrecérsele alguna esperanza.

Ella le aguardó todo el día, con el mismo abatimiento desesperado, ante aquel horrible desastre.

Loisel regresó por la noche con el rostro demacrado, pálido; no había podido averiguar nada.

—Es menester —dijo— que escribas a tu amiga comunicándole que has roto el broche de su collar y que lo has dado a componer. Así ganaremos tiempo.

Ella escribió lo que su marido le decía.

Al cabo de una semana perdieron hasta la última esperanza.

Y Loisel, envejecido por aquel desastre, como si de pronto le hubieran echado encima cinco años, manifestó:

—Es necesario hacer lo posible por reemplazar esa alhaja por otra semejante.

Al día siguiente llevaron el estuche del collar a casa del joyero cuyo nombre se leía en su interior. El comerciante, después de consultar sus libros, respondió:

—Señora, no salió de mi casa collar alguno en este estuche, que vendí vacío para complacer a un cliente.

Anduvieron de joyería en joyería, buscando una alhaja semejante a la perdida, recordándola, describiéndola, tristes y angustiosos.

Encontraron, en una tienda del Palais Royal, un collar de brillantes que les pareció idéntico al que buscaban. Valía cuarenta mil francos y, regateando, consiguieron que se lo dejaran en treinta y seis mil.

Rogaron al joyero que se lo reservase por tres días, poniendo por condición que les daría por él treinta y cuatro mil francos si se lo devolvían, porque el otro apareciera, antes de fines de febrero.

Loisel poseía dieciocho mil que le había dejado su padre. Pediría prestado el resto.

Y, efectivamente, consiguió mil francos de uno, quinientos de otro, cinco luises aquí, tres allá. Hizo pagarés, adquirió compromisos ruinosos, tuvo tratos con usureros, con toda clase de prestamistas. Se comprometió para toda la vida, firmó sin saber lo que firmaba, sin detenerse a pensar y, espantado por las angustias del porvenir, por la horrible miseria que los aguardaba, por la perspectiva de todas las privaciones físicas y de todas las torturas morales, fue en busca del collar nuevo, dejando sobre el mostrador del comerciante treinta y seis mil francos.

Cuando la señora de Loisel devolvió la joya a su amiga, ésta le dijo un tanto displicente:

—Debiste devolvérmelo antes, pues podía haberlo necesitado.

No abrió siquiera el estuche y eso lo juzgó la otra una suerte. Si notara la sustitución, ¿qué supondría? ¿No es posible que imaginara que se lo cambiaron adrede?

La señora de Loisel conoció la vida horrible de los menesterosos. Tuvo energía para adoptar una resolución inmediata y heroica. Era necesario devolver aquel dinero que debían. Despidieron a la criada, buscaron una habitación más económica, una buhardilla.

Conoció los duros trabajos de la casa, las odiosas tareas de la cocina. Fregó los platos, desgastando sus sonrosadas uñas sobre los pucheros grasientos y en el fondo de las cacerolas. Enjabonó la ropa sucia, las camisas y los paños, que ponía a secar en una cuerda; bajó a la calle todas las mañanas la basura y subió el agua, deteniéndose en todos los pisos para tomar aliento. Y, vestida como una pobre mujer de humilde condición, fue a casa del verdulero, del tendero de comestibles y del carnicero, con la cesta al brazo, regateando, teniendo que sufrir desprecios y hasta insultos, porque defendía céntimo a céntimo su escasísimo dinero.

Era necesario mensualmente recoger unos pagarés, renovar otros, ganar tiempo.

El marido se ocupaba por las noches de poner en limpio las cuentas de un comerciante y a veces escribía a veinticinco céntimos la hoja.

Vivieron así diez años.

Al cabo de dicho tiempo lo habían ya pagado todo, todo, capital e intereses, multiplicados por las renovaciones usurarias.

La señora Loisel parecía entonces una anciana. Se había transformado en la mujer fuerte, dura y ruda de las familias pobres. Mal peinada, con las faldas torcidas y rojas las manos, hablaba en voz alta, fregaba los suelos con agua fría. Pero a veces, cuando su marido estaba en el Ministerio, se sentaba junto a la ventana, pensando en aquella fiesta de otro tiempo, en aquel baile donde lució tanto y donde fue tan festejada.

¿Cuál sería su fortuna, su estado en el presente, si no hubiera perdido el collar? ¡Quién sabe! ¡Quién sabe! ¡Qué mudanzas tan singulares ofrece la vida! ¡Qué poco hace falta para perderse o para salvarse!

Un domingo, habiendo ido a dar un paseo por los Campos Elíseos para descansar de las fatigas de la semana, reparó de pronto en una señora que pasaba llevando a un niño cogido de la mano.

Era su antigua compañera de colegio, siempre joven, hermosa siempre y siempre seductora. La de Loisel sintió un escalofrío. ¿Se decidiría a pararla y saludarla? ¿Por qué no? Habiéndolo pagado ya todo, podía confesar, casi con orgullo, su desdicha.

Se puso frente a ella y dijo:

—Buenos días, Juana.

La otra no la reconoció, admirándose de verse tan familiarmente tratada por aquella infeliz. Balbució:

—Pero..., ¡señora!..., no sé... Usted debe de confundirse...

—No. Soy Matilde Loisel.

Su amiga lanzó un grito de sorpresa:

—¡Oh! ¡Mi pobre Matilde, qué cambiada estás!...

—Sí; he pasado días muy malos desde que no te veo, y además bastantes miserias..., todo por ti...

—¿Por mí? ¿Cómo es eso?

—¿Recuerdas aquel collar de brillantes que me prestaste para ir al baile del Ministerio?

—Sí; pero...

—Pues bien: lo perdí...

—¡Cómo! ¡Si me lo devolviste!

—Te devolví otro semejante. Y hemos tenido que sacrificarnos diez años para pagarlo. Comprenderás que representaba una fortuna para nosotros, que no teníamos nada. En fin, todo terminó y estoy muy satisfecha.

La señora de Forestier se había detenido.

—¿Dices que compraste un collar de brillantes para sustituir al mío?

—Sí. No lo habrás notado, ¿eh? Casi eran idénticos.

Y al decir esto, sonreía orgullosa de su noble sencillez. La señora de Forestier, sumamente impresionada, le cogió ambas manos:

—¡Oh! ¡Mi pobre amiga Matilde! ¡Pero si el collar que yo te presté era de piedras falsas!... ¡Valía quinientos francos a lo sumo!...

Índice

Bola de sebo 7

Un día de campo 63

El collar 81